KB201327

# 집으로 가는 길

Look both ways
by Jason Reynolds

## 집으로 가는 길

**초판 1쇄 인쇄일** 2022년 3월 18일 | **초판 1쇄 발행일** 2022년 3월 21일

**지은이** 제이슨 레이놀즈 | **옮긴이** 이민희 | **펴낸이** 김석원 | **펴낸곳** 도서출판 밝은세상

**출판등록** 1990. 10. 5 (제 10 – 427호) | **주 소** (10881) 경기도 파주시 문발로 119, 202호

**전 화** 031-955-8101 | **팩 스** 031-955-8110 | **메일** wsesang@hanmail.net

**블로그** blog.naver.com/balgunsesang8101 | **인스타그램** www.instagram.com/wsesang

**ISBN** 978-89-8437-444-7 03840 | **값** 14,500원 | 잘못된 책은 구입한 곳에서 교환해 드립니다.

# 집으로 가는 길

: 웃기고 비장하고 때론 뜨끈한
라티머 중학교의
하굣길 이야기

제이슨 레이놀즈 지음

이민희 옮김

밝은세상

# 차례

엘로이스 그린필드에게

원래 이 이야기는 전설처럼 시작될 예정이었다.

하늘에서 떨어지는 스쿨버스와 함께.

그러나 그걸 본 사람도, 들은 사람도 없다.

따라서 이 이야기는…… 그냥저냥 괜찮게 시작될 것이다.

코딱지와 함께.

첫 번째 골목

# 마스턴가

# 물 코딱지 곰

"당장 그 더럽고 누리끼리한 마물을 콧구멍 밖으로 추방하지 않으면 너랑 같이 집에 안 갈 거야. 농담 아니야."

재스민 조던은 평소처럼 온몸을 써서 말했다. 마치 말이 입에서 나오는 게 아니라 등줄기를 타고 흘러내리는 것처럼. 더할 나위 없이 진심이라는 듯이. 자기 엄마가 **바깥세상**의 중요성을 강조할 때마다 사용하는 말투로. 재스민이 들은 척 만 척하고 음악 볼륨을 쭉쭉 올리면, **당장 그 이어팟인지 이어벗인지 에어폰인지 뭔지 네 귓구멍에서 빼내지 않으면 음악 말고 다른 걸로 채워줄 테다** 하는. 딱 그 말투로.

재스민의 코딱지 추방 경고 대상은 절친인 테런스 점퍼였다. 일명 TJ. 재스민은 TJ를 **남자 절친**이라고 불렀지만 사실 여자 절친은 없으니 TJ는 재스민의 하나뿐인 절친이었다. 재스민도 TJ에게 마찬가지였다. 꽤 옛날부터. TJ가 마스턴가로 이사 와서 재스민과 세 집 건너 살게 된 뒤로 쭉. 그 골목에 사는 아이들이 둘뿐이라서 엄마들은 둘이 꼭 붙어 다녀야 도보로 통학할 수 있게 해주었다. 그게 햇수로 6년 째니, 둘은 평생 친구나 다름없었다.

종이 울리고, 둘이 함께 듣는 유일한 수업이자 오늘의 마지막 수업이 막 끝난 참이었다. 판타나 씨가 가르치는 생명과학.

"학교 복귀 이틀 만에 벌써 잔소리야?"

TJ는 자기 사물함의 검정 다이얼 자물쇠를 보지도 않고 획획 돌렸다. 마치 손끝으로 홈의 미세한 차이를 감지해 맞는 숫자에 도달했음을 알 수 있다는 듯이.

"너 같으면 안 하겠어? 거울 좀 봐, TJ. 난 네가 지금 그 꽉 막힌 코로 숨은 쉴 수 있는지 궁금하다."

재스민이 대꾸했다.

둘은 사물함도 이웃이었다. 운이 좋았다. 왜냐면 재스민은 TJ와 달리 당장이라도 자물쇠가 제멋대로 번호 조합을 바꾸거나 손가락이 마비되기라도 할 것처럼 조심스럽게 자물쇠를 돌렸고, 만에 하나 그런 일이 실제로 벌어진다면 적어도 TJ가 옆에서 도와줄 테니까.

TJ가 어깨를 으쓱하며 철제 사물함에 과학책을 던져 넣자 흙먼지가 일듯이 쿰쿰한 냄새가 물씬 풍겼다. TJ의 사물함은 어지럽고 어수선했다. 특히 어제부터 재스민이 쉬는 시간마다 문틈으로 집어넣은 빈 과자 봉지가 수두룩했다. 그러니까…… 쓰레기였다. 하지만 재스민과 TJ는 그것들을 **우정의 증표**라고 불렀다. 사랑의 쓰레기. 재스민이 학교를 빠진 한 달 동안 TJ가 빈 과자 봉지들로 '보고 싶어'라는 말을 대신한 것이 발단이었다. 치토스 부스러기는 덤이었고.

마침내, TJ는 티셔츠 앞자락을 뒤집어 콧구멍 입구에서 돌처럼 딱딱하게 굳은 코딱지를 대충 파냈다.

티셔츠를 따라 늘어진 한 줄기 콧물이 인중으로 흘러내렸다.

TJ는 고개를 들어서 재스민이 콧구멍 안을 훤히 들여다볼 수 있게 했다.

"좀 나아?"

TJ는 반은 진심으로, 반은 아직 코딱지가 하나쯤 남아있어서 재스민이 약 올라 했으면 하는 마음으로 물었다.

재스민은 갈색 맨눈 현미경으로 TJ의 콧구멍을 주의 깊게 살폈다. 방금 TJ가 자기 티셔츠, 그것도 입고 있는 티셔츠를 휴지처럼 사용했다는 사실은 전혀 신경 쓰지 않았다. 하긴, 신경 쓸 이유가 있겠는가? 물론 역겹지 않단 건 아니지만(당연히 역겹다), 재스민은 TJ를 아주 오래 알고 지냈다. 티셔츠 자락에 묻은 코딱지는 추가 장식에 지나지 않았다. 코딱지 액세서리. 패션 포인트랄까. TJ는 자기 신발 밑창에(그리고 재스민의 신발 밑창에) 붙은 껌을 맨손으로 떼어 내거나, 심지어 모기한테 팔을 물리는 순간 찰싹

때려잡고 그 잔해를 핥은 적도 있다. 재스민이 1달러를 들고 해볼 테면 해보라고 내기를 걸었기 때문이지만. 결과적으로는 두 사람 모두 만족스러워했다.

"여기서 네 뇌가 들여다보이는 거 알아?"

재스민이 여전히 TJ의 콧구멍을 검사하는 척하며 말했다.

"설마설마했는데 아주 코딱지만 하다."

그러고는 TJ의 코를 쥐었다 놓으며 덧붙였다.

"휴, 됐어. 이제 같이 다녀도 안 쪽팔리겠다."

"어차피 우린 다 코딱지들인데 뭐 어때."

TJ가 사물함 문을 쾅 닫으며 말했다.

"넌 코딱지일지도 모르지만, 난 아니야."

재스민도 사물함 문을 쾅 닫았다.

"그건 네 생각이지."

TJ는 대꾸하며 재스민과 책가방을 맞바꿨다. 텅 빈 TJ의 가방과 달리 재스민의 가방은 모든 수업 교과서와 노트, 보충 과제물로 묵직했다. 재스민이 스스로 들 수 있었지만 TJ는 재스민의 등을 걱정했다. 아직 공격에서 회복 중이었으니까.

두 사람은 운동화 빠득거리는 소리와 하교의 열기로 시끌벅적한 복도를 빠져나갔다.

"괜히 하는 말 아니야. 코딱지는 공기 중에 떠도는 먼지와 티끌 따위가 섞인 물일 뿐이잖―."

"어떻게 알아?"

재스민이 TJ의 말을 끊고 물었다. 어디서 주워들은 헛소리가 분명했다. 아마 신시아 소위에게 들었을 것이다. 일명 **그래그래** 신시아가 하는 말은 99.99999 퍼센트가 농담이었다.

"예전에 인터넷에서 찾아봤어. 왜 그렇게 짭조름한지 궁금해서."

"잠깐."

재스민은 한 손을 펴들고 TJ의 나머지 말을 막았다.

"그걸 먹어봤다는 거야?"

"어릴 때 일이야. 사람을 과거로 판단하면 못써, 재스민."

TJ는 고개를 절레절레하며 말을 이었다.

"아무튼, 자꾸 끼어들지 말고 내 가설을 들어봐."

TJ는 가설이라는 말을 음절 단위로 쪼개 강조했다. 가. 설.

"알아보니까 코딱지의 기본 성분은 물과 먼지더라고. 그리고 인간은 대부분 물로 이루어져 있지. 판타나 선생님이 학기 초에 그랬잖아."

"그랬지."

"그래. 그리고 주일마다 교회에 가면 항상 하나님이 우리를 먼지와 티끌로 지으셨다고 하잖아?"

TJ와 재스민은 같은 교회 청소년성가대에서 노래했다. TJ는 허리케인에 끼어드는 돌풍처럼 음정도 뒤죽박죽 엉망이면서 늘 단장인 브론슨 씨에게 솔로 파트를 달라고 졸랐다. 재스민도 노래 실력이 썩 훌륭하지는 않았지만 본인이 잘 알아서 결코 솔로 욕심을 내지 않았다. 재스민은 그저 긴 졸업 가운 차림으로 몸을 이리저리 흔들고 손뼉을 치며 마치 서랍을 밀어 넣듯이 화음을 넣는 것이 즐거웠다. 재스민의 엄마는 늘 말했다. **음정을 유지하는 것만 해도 재능이야.**

비록 TJ는 음정 유지에는 젬병이었지만, 대화 유지
에는 재능이 있었다.

"하나님이 먼지로 남자를 만들고 콧구멍에 숨결을
불어 넣었다고 했지?"

"아⋯⋯마도?"

"하나님도 입 냄새가 날까?"

"뭐?"

"아니, 아니, 그건 아니겠지."

TJ가 본론으로 돌아왔다.

"아무튼, 하나님이 먼지로 남자를 만들었고, 왠지
는 모르겠지만 남자의 몸이—."

"인간."

재스민이 정정했다.

"오, 그래, 인간의 몸이 거의 물로 이루어졌다고
하니까, 우린 물과 먼지야. 맞지?"

TJ는 투명 칠판에 거대한 방정식을 그리듯이 손을
마구 휘저었다. 재스민은 아무 말도 하지 않았다. 어
차피 TJ는 제 가설을 밀어붙일 테니까.

"따라서……."

TJ가 일부러 한 박자 쉬자 재스민은 귓전에 드럼롤 소리가 들리는 듯했다.

"우리는 기본적으로…… 코딱지인 거지."

얼굴에 만족감을 로션처럼 펴 바른 TJ와 달리 재스민은 끈적한 손으로 따귀를 맞은 듯 황당한 얼굴이었다.

"틀렸어." 재스민이 받아쳤다.

"내 말 안 믿는구나."

TJ가 재스민을 위해 문을 잡아주었다. 둘은 드디어 학교 건물을 벗어났다.

"전혀."

"안 믿어도 돼. 하지만 그게 진실이 아니란 뜻은 아니지. 난 네 생각처럼 학교에 그냥 놀러 다니는 게 아니야. 진짜로 배우는 것도 많다고. 아니, 난 이제 누굴 가르쳐야 할 수준이야. 과학자나 판타나 선생님 같은 사람들이 외계인의 존재를 밝히려고 애쓰는 사이에 난 벌써…… 코딱지들이 인간의 축소판이란 걸 알아냈으니까!"

재스민이 풋, 하고 웃음을 터뜨렸다. 그렇다. 비록 TJ가 터무니없고 성가시고 때로는 역겹기까지 하지만 재스민이 원하든 원치 않든, 본인이 의도하든 하지 않든, 늘 재스민을 웃게 했다. 괴로움을 조금이나마 떨어져 나가게 했다. 재스민이 지난 1년 동안 겹겹이 두른 갑옷을 무장 해제시켰다.

지난 1년은 재스민에게 유독 버거웠다.

재스민의 아빠가 집을 나간 것부터 시작이었다. 영화나 드라마처럼 거칠고 추한 말다툼은 없었다. 적어도 재스민이 알기로는. 그저 부엌 식탁에서 재스민의 엄마 아빠가 재스민을 투명 지퍼백에 담긴 열대어처럼 바라보면서 껄끄러운 대화를 나누는 동안 의자에 앉아 꼼지락댔을 뿐이다. 살갗이 온몸을 꽉 죄는 듯 갑갑해서.

"우린 널 무척 사랑해."

"네 잘못이 아니야."

"살다 보면 관계가 변하기도 해."

"떨어져서 더 나은 관계도 있어."

"네 잘못은 조금도 없어."

"네 아빠랑 나는 널 너무 사랑한단다."

"네 엄마랑 나는 널 너무 사랑한단다."

이런 대목은 드라마 같긴 했다. 특히 재스민 또래 여자아이들이 나오는 드라마. 부엌 식탁에서의 대화. 이어지는 방문 노크. 딸이 아빠를 욕하면 엄마는 "어허! 말조심." 주말마다 아빠 방문하기. 엄마 아빠가 번갈아 가면서 툭하면 별일 없냐고 어색하게 묻는 상황.

게다가 재스민에게 그 일은 시작에 불과했다. 얼마 지나지 않아 최악의 공격을 당했으니까. 괴한의 습격을 받거나 한 게 아니다. 다른 누구의 공격도 아니었다. 재스민의 몸이 재스민을 공격했다. 원래 재스민에게는 선천성 혈액질환이 있었다. 겸상적혈구빈혈. 이상 적혈구가 모든 신체 부위에 악영향을 미칠 수 있는 병. 장기, 관절, 심지어 시력에까지.

하지만 이제껏 크게 문제가 된 적은 없었다. 가끔

가벼운 통증을 느끼곤 했지만, 몸이 불덩이처럼 뜨거워서 못 견딜 만큼 본격적으로 앓은 건 올해가 처음이었다. 손과 발은 물이 가득 찬 비닐장갑처럼 터질 듯이 부풀어 올랐다. 근육은 나무처럼 딱딱하게 굳고 뼈는 갈라져서 그 안에 새로운 뼈가 자라는 느낌이었다.

재스민은 아파서 학교에 나오지 못했다. 한 달이나. 그동안 사물함은 자물쇠 한 번 돌아가지 않고 굳게 잠겨있었다.

재스민의 엄마와 아빠는 같이 또는 따로, 딸의 병상 주위를 맴돌았다. 청소년 가족 드라마보다 더 진부한 드라마 속 등장인물들처럼. 둘 사이의 냉랭함이 녹을 때는 재스민의 둘도 없는 친구 TJ가 나타나 실없는 농담을 던질 때뿐이었다. TJ는 늘 빈 감자칩 봉지를 병상 옆에 두고 떠났다. 이미 재스민의 사물함에 30개쯤 들어있는, 우정의 증표.

그리고 어제, 마침내 라티머 중학교에 복귀했을 때, 재스민은 입원 전에는 거의 말도 섞어본 적 없는 아이들로부터 질문 공세를 받은 뒤(그들은 **여자와 남자는 절친이 될 수 없다**는 이유로 TJ와 붙어 다니는 재스민을 흘겨보곤 했다), 생활지도 교사인 레인 씨와 함께 학습 진도를 따라잡을 계획을 짜야 했다. 지난 한 달간 연필도 못 쥐고 책장도 못 넘길 만큼 아파서 꼼짝없이 누워있느라 놓친 진도. 그래서 재스민은 자신이 코딱지가 아니라고 확신했다. 코딱지처럼 딱딱하기는커녕 콧물보다 흐물거렸으니까.

"어쩌면 남자애들은 다 코딱지일 수도? 고작 먼지 섞인 물방울이면서 돌덩이처럼 굴잖아."

학교 앞 건널목을 건너면서 재스민이 농담했다. 횡단보도의 흰 줄은 얼핏 검은 물이 흐르는 흰 다리처럼 보였다. 학교와 동네를 잇는 다리. 두 사람은 포털대로로 접어들었다. 함께 수백 번 오간 길이자 지난 한 달간 TJ 혼자 다녀야 했던 길. 재스민이 학교에 복귀한 건 어제였지만 재스민의 엄마가 몹시 걱정해서 차로 하교했다. 따라서 오늘은 두 사람이 함께 집에 가는 첫날이었다.

"하지만 난 아니야. 내 말은, 코딱지는 쓱 닦으면 그냥 떨어져 나가잖아." 재스민이 덧붙였다.

"좋아, 코딱지가 아니라고 치면 넌 뭔데?" TJ가 물었다.

"음…… 그냥 사람? 난 나지." 재스민은 어깨를 으쓱했다.

"에이, 그러지 말고. 코딱지가 아니라면 뭐라도 돼야지. 뭐가 되고 싶어?"

TJ는 길거리 장수가 밑지고 파는 거라고 과장할 때처럼 두 팔을 벌리며 말했다.

재스민은 곰곰이 생각하며 길모퉁이를 왼쪽으로 돌아 집들이 옹기종기 늘어선 마스턴가로 접어들었다. 재스민의 엄마는 그 동네가 구닥다리라고 했다. 가끔 운전하다가 더 새롭고 깨끗한 동네를 지나칠 때마다 꼭 그렇게 투덜거렸다. 모든 집이 똑같이 생긴 동네. 마치 똑같은 가운을 차려입고 똑같은 음률과 똑같은 음계로 된, 그래서 지루하기 짝이 없는 노래를 부르는 합창단 같은 동네. 그에 반해 마스턴가는 단층집부터 삼층집, 돌출형 창문부터 아치형 창문, 아담한 벽돌 지붕부터 화려한 비닐 지붕까지 각양각색이었다. 울타리와 대문, 풀과 자갈, 아스팔트와 포장도로가 여기저기 얽혀있었다. 어딜 가나 한 식구가 한평생, 또는 2대, 심지어 3대에 걸쳐 지지고 볶으며 살아온 흔적이 가득했다.

"모르겠어."

마침내 재스민이 말했다.

"아, 아니다, 그거 뭐였지? 오늘 수업 시간에 판타나 선생님이 얘기해 준 거? 사진 보여줬잖아. 코딱지처럼 생긴 거."

"그 못생긴 애벌레처럼 생긴 생물? 뭐랬더라…… 우주 곰?"

"어, 그거."

재스민은 다시 말을 꺼내려다 멈칫했다.

"잠깐. 안 못생겼어. 그 점만 명확히 한다면, 난 그걸로 할게. 물곰."

재스민이 결정했다는 듯이 고개를 주억거렸다.

"오, 그래, 물곰."

TJ가 웃으며 말을 이었다.

"다리가 한 여덟 개쯤 되고 구 엄마처럼 손톱이 길쭉길쭉한? 그리고 그 이상한 입도 구 엄마처럼……."

TJ는 입술을 삐죽 내밀었다가 안으로 쏙 말아 넣었다. 한 번 더 반복했다. 마치 커다란 풍선껌을 씹듯이.

"그렇게 조그맣지 않았다면 완전 무서웠을 거야. 구 엄마처럼. 어휴."

"메이시 아주머니는 그렇게 안 무섭거든."

"메이시 씨는 구 엄마가 아니야. 새엄마지. 난 **엄마**를 얘기한 거야. 잘은 모르지만."

"아…… 그래."

재스민은 머릿속으로 엄마들을 분류했다. 또 다른 투명 칠판에 또 다른 방정식을 그리듯이.

"구 엄마는……."

TJ는 어떤 생각을 떨쳐버리듯 잠깐 몸을 부르르

떨었다. 어쩌면 나쁜 기억인지도.

"어쨌든, 왜 하필 그게 되고 싶은 거야? 그 물곰인지 뭔지. 적어도 코딱지는 눈에 띄기라도 하지, 그건 보이지도 않잖아."

"판타나 선생님이 말했잖아. 과학자들이 그 작은 물곰을 실험해서 지구상에서, 어쩌면 우주에서 가장 강한 생명체라는 걸 밝혀냈다고. 엄청나게 뜨겁거나 차가운 온도에서도 살아남고, 엄청나게 높은 압력도 견뎌냈다고. 오죽하면 우주에 보냈는데 멀쩡히 살아 돌아왔겠어. 아무 일 없었다는 듯이 잘만 기어 다닌다잖아. 그게 오늘의 나야. 손톱 하나 망가지지 않았지."

재스민은 두 손을 쫙 펼쳐서 보라색 매니큐어를 바른 손톱을 뽐냈다.

"뭐, 네가 그렇게 믿는다면야."

"넌 심지어 하나님이 먼지로 우릴 만들었다며. 하긴 넌 맨날 먼지투성이니까. 네가 그 얘길 믿듯이 난 판타나 선생님이 해준 물곰 얘기를 믿어. 헉, 아마

우린 우리도 모르는 사이에 매일 물곰들을 밟고 다닐 거야."

그 말에 TJ는 곧장 땅을 내려다봤다. 콘크리트 틈새에 뭔가 있는 것 같아서. 팔뚝을 벅벅 긁었다. 건조한 피부 주름 사이에 물곰이 기어 다니는 것 같아서. 재스민은 그 모습을 지켜보았다. 하. 안절부절못하는 TJ는 처음이었다. 코딱지, 개똥, 벌레 먹기 따위를 겁내지 않는 애니까. 하지만 아마 그것들은 눈에 보이기 때문일 것이다. 부수고 문지를 수 있으니까. 재스민이 보기에 TJ는 부수고 문질러 없앨 수 없는 것들에 두려움을 느끼는 듯했다. 이미 자기 주변에, 심지어 몸에 기생하지만 육안으로 보이지 않아서 어찌할 수 없는 것들에.

어느덧 TJ네 앞마당에 도착했다. 울타리도, 대문도 없는 그저 한 떼기 마른 풀밭. 그 너머에 판잣집이 있었다. 불도저 따위의 기계 없이 그저 인간의 손과 사랑, 못과 망치, 더 많은 사랑으로 지어진 집. 방충망 문에 뚫린 구멍은 몇 년 전 그대로였다. TJ의 발이 그랬다. TJ는 가끔 자기 발이 제 화를 못 이겨 걸어차고, 짓밟고, 달린다고 했다. 자기 탓이 아니라면서. 재스민은 그 말이 농담이 아니란 걸 알면서도 깔깔 웃었다.

두 사람은 현관 입구 계단에 어깨를 나란히 하고 앉아 자신들이 물곰이냐 코딱지냐에 대해 논의했고, 어쩌면 둘 다 될 수 있을지도 모른다고 합의했다.

"그럼 물곰 코딱지?"

재스민이 신발 끈을 묶으며 제안했다.

"흠……, 물 코딱지 곰 어때?"

TJ가 살짝 정정했다.

"오, 물 코딱지 곰. 좋아."

재스민이 고개를 번쩍 들고 끄덕였다.

등 뒤로 방충망 문이 끼익 열렸다. 마치 TJ를 성대모사한 듯한 소리였다.

"누가 이렇게 종알대나 했더니."

메이시 씨였다. TJ의 새엄마. 6년 전부터니 딱히 '새' 엄마는 아니지만. 그는 작업복 차림이었다. 이름표가 달린 남색 셔츠와 바지, 그리고 거무칙칙한 분홍색 실내용 슬리퍼. 메이시 씨는 허리를 굽혀 재스민과 TJ의 정수리에 각각 입을 맞췄다. 고된 하루의 남은 일정이 그의 주위를 후광처럼 맴돌고 있었다.

"학교는 어땠니?"

"괜찮았어요."

TJ는 픽 웃으며 팔뚝을 긁었다.

"꽤 괜찮았어요."

재스민이 덧붙였다.

"다행이구나."

재스민과 TJ는 다음에 올 말을 알았다.

"그래서…… 오늘은 뭘 배웠니?"

메이시 씨는 매일 똑같은 질문을 던졌지만, 여전히 호기심이 묻어나는 목소리였다.

재스민은 TJ를 보았다. 돌아보는 TJ의 왼쪽 콧구멍에 새로운 코딱지가 자리 잡고 있었다. 어느 틈엔가 나타난 것이다. 코딱지들이 늘 그러듯이. TJ는 그

것을 손등으로 문질러 닦았다. 두 사람은 교회 성가
대가 합창하듯 대답했다.

"아무것도요."

# 플레이서가

## 반삭파 작전 개시

존 존 왓슨, 프랜시 배스킨, 트리스타 스미스, 특히 브리튼 **비트** 번즈. 일명 반삭파를 마주친다면 주머니를 조심하는 게 좋다.

그 사총사는 짤랑이는 건 뭐든 훔치니까. 할 수만 있다면 주머니째 뜯어내려 들 것이다. 당신이 주머니에 손을 넣고 있다 해도. 한번은 가게 계산대 앞에 **놓인 1센트짜리는 여기에** 그릇을 털기도 했다.

싹쓸이하고 튀기.

그래, 한 번이 아니었다. 걸핏하면, 사실 매번. 참다못한 가게 주인이 동전 그릇을 계산대 뒤에 두고 손님에게 직접 잔돈을 거슬러 주기 시작했다. 그런가

하면 사총사는 동급생들에게 동전 싸움을 걸기도 했
다. 두 사람이 책상에 동전을 세워 팽이처럼 돌리다
가 상대의 동전을 쓰러뜨리거나 더 오래 버티면 이
기는 게임. 다만 이들에게 규칙은 별로 중요하지 않
았다. 상대의 동전을 슬쩍 건드리거나 상대의 얼굴에
주먹을 날리기도 했다. 다들 한쪽 눈이 밤탱이가 되
느니 동전 한 닢을 포기했다.

하지만 비트, 프랜시, 존 존, 트리스타는 남의 돈
을 재미로 빼앗는 게 아니었다. 실은 빼앗고 싶지도
않았다. 해야 했기에 할 뿐이었다. 적어도 해야 한다
고 느꼈기에. 스스로 반삭파라고 부르기 전에 그들은
선택의 여지 없이 다른 이름으로 불렸다. 점심 지원
대상자들. 특권처럼 들리지만 그렇지 않았다. 그들이
특별해서 무료 점심을 받은 게 아니었다. 인기 많고
사랑받아서 식당에서 치즈 스틱과 감자튀김을 공짜
로 얻은 게 아니었다. 그건 그들의 부모가 빡빡하고,
쪼들리고, 허덕인다는 의미였다. 자식들의 허기를 충
분히 달래줄 여력이 안 된다는 뜻이었다. 점심값마저

도. 이는 반삭파 전원에게 냉혹한 진실이었다. 자랑스럽진 않았지만, 부끄럽지도 않았다. 비록 주변에서 그렇게 느끼게끔 굴었지만.

"내가 매일 먹다 남긴 피자 꽁다리 저축할래? 그럼 학기 말쯤에 큰 빵 한 덩이는 먹을 수 있을 거야."

앤드류 노츠라는 애가 농담이랍시고 한 말이었다. 비트는 그 말을 듣자마자⋯⋯ 그냥 앤드류가 다시는 그런 '농담'을 하지 않았다고 하자.

참고로 비트, 존 존, 프랜시, 트리스타는 그냥 무료 점심 대상자가 아니라 암 생존자 부모를 둔 무료 점심 대상자였다. 넷은 생활지도 교사인 레인 씨가 이끄는 교내 협력 모임에서 만났다. 한자리에 둘러앉아 휴지 갑을 돌려가며 각자 자신의 부모가 점점 수척해지고, 머리카락이 빠지고, 몸이 의지를 배반하는 모습을 지켜봐야 하는 심경이 얼마나 괴로운지 털어놓았다. 혹시 엄마나 아빠가 세상을 떠난다고 생각하면 얼마나 두려운지도. 비트는 늘 강한 척했지만.

그들이 한 번도 나누지 않은 얘기는 그 모든 수술

과 치료 때문에 집안 형편이 얼마나 어려워졌는지였
다. 저축해 둔 돈은 몽땅 병원비로 들어갔다. 그 얘
기를 꺼내는 건 레인 씨의 임무도, 그 모임의 목적도
아니었다. 사실, 네 사람은 그 사실을 전혀 모를 수
도 있었다. 하지만 비트의 엄마가 어쩌다 비트에게
사정을 털어놨고, 비트는 나머지 세 사람에게 말했
다. 각자 자기 부모에게 그것이 사실인지 물었다.

"그건 네가 걱정할 일이 아니야."

존 존의 엄마가 말했다. 유방암.

"누가 그러디?"

프랜시의 아빠가 말했다. 전립선암.

"나는…… 아니 우리는 너에게 거짓말하고 싶지 않
구나."

트리스타의 아빠가 말했다. 위암.

진실. 진실. 진실.

암 자체가 아니라 중압감 때문이었다. 그들이 반삭
파를 결성한 이유는. 연대의 표시로 각자 두피가 보
일 만큼 머리카락을 짧게 깎고 도둑질을 시작했다.

규칙은 단 하나였다.

짤짤이만 털기.

지폐나 귀금속, 지갑은 안 되고 반드시 동전만.

훔친 돈은 주로 점심때 모자란 배를 채우기 위해 썼는데, 오늘은 다른 목적이 있었다.

수업이 모두 끝났음을 알리는 종이 울렸다. 반삭파에게는 경적이나 신호총 소리와 다름없었다. 행동 개시. 네 사람은 각자 수업을 듣던 교실 문을 박차고 나왔다. 문학을 듣던 비트와 트리스타, 수학을 듣던 존 존, 스페인어를 듣던 프랜시. 저마다 사물함에 들러 교과서를 쑤셔 넣고, 책가방을 채우고, 학교 건물에서 뛰쳐나와 약속 장소에 모였다.

정문 밖 오른쪽에는 벤치 세 개가 띄엄띄엄 있었다. 첫 번째 벤치에는 사립학교 교복을 입은 남자애가 쪼개진 스케이트보드를 무릎에 올려놓고 다친 개처럼 쓰다듬고 있었다. 두 번째 벤치에는 그레고리 피츠와 친구들이 시나몬 향 스프레이를 안개처럼 뿌리며 팔을 휘두르고 있었다. 톡 쏘는 게 시나몬보다 마늘 냄새에 가까운 듯했다. 그 옆 세 번째 벤치가 반삭파가 늘 모이는 장소였다. 비트가 선택한 근거지.

비트는 파에서 가장 작았다. 그리고 누가 봐도 분명한 리더였다. 곧 급성장기가 올 거라고 입버릇처럼 말했으나 아무도 그 말을 믿지 않았다. 비록 키는 친구들의 절반이지만 자신감만큼은 가장 컸다. 그리고 불같은 성질. 비트는 수틀리면 누구든 때려눕히기로 유명했다.

존 존을 늙은이라고 놀리던 트레이라는 녀석이 있었다. 존 존의 앞머리가 희끗희끗해서였는데, 태어날 때부터 그랬다. 몽고점처럼. 그래서 쭉 놀림을 받았다. 사실 그 흰머리 부위는 짧게 밀고 나니 피부병처럼 보여서 훨씬 짓궂게 놀릴 수도 있었다. 존 존이 반삭파 동지만 아니었다면 비트는 대놓고 조롱했을 것이다. 다행히 트레이의 유머 감각은 그리 날카롭지 않았다.

"존 존 왓슨의 시간은 거꾸로 간다."

"존 존, 너 중학교 은퇴할 때 되지 않았어?"

"존 존, 너 어릴 때 보행기가 아니라 지팡이 썼지?"

"존 존——."

트레이가 존 존을 부른 건 그게 마지막이었다. 횡단보도 한복판에서 비트의 주먹 주먹을 퍼억 퍼억 맞고 기절 기절했기 때문이다. 천만다행으로 보행안전 유도원인 포스트 씨가 발견하고 깨워줬다. 그사이 비트는 줄행랑쳤고.

프랜시가 남자처럼 머리를 깎았다고 프랭키라고 놀림 받을 때도 마찬가지였다. 비록 당사자는 전혀 개의치 않았지만. 프랜시는 남의 눈치를 보는 애가 아니었다. 도량이 넓달까. 하지만 비트는 아니었다. 무조건 때려눕혔다. 그리고 주위에 아무도 없다면, 뻗어버린 상대의 주머니를 털었다. 물론 잔돈만.

트리스타는 애초에 비트의 보호가 필요 없는 여자애였다. 함부로 트리스타에게 덤비는 사람은 없었다. 아무도. 트리스타는 말 한마디로 상대를 썰어버릴 수 있는 애였다. 게다가 어릴 때부터 아빠가 무술을 시켰다. 태권 트리스타. 학교 장기 자랑 때 전교생 앞에서 돌려차기를 선보인 후로 아무도 트리스타에게 덤비지 않았다. 비트를 포함해서.

사총사는 교사들에게 요주의 학생들이었다. 교사 휴게실에서 수군거리는 대상. **열악한 환경**에 놓인 아이들. 나란히 복도를 가로지르거나 점심시간에 머리를 맞대고 작전을 짤 때면 워클리 씨가 손가락으로 가리키며 고개를 절레절레했다. 다들 사총사의 혈기와 모의를 곱지 않은 시선으로 봤다.

"다들 준비됐어?"

비트가 벤치에 한 발을 올리고 물었다. 트리스타만 주목하지 않고 어떤 남자애에게 말을 걸고 있었다. 남자애는 겁먹은 듯 우물쭈물 반응했다. 놀랍지도 않았다.

"트리스타." 비트가 눈총을 날렸다.

"알았어, 알았어."

무리에 복귀한 트리스타가 뒷주머니에서 휴대폰을

꺼내 시간을 확인했다.

"현재 시각 3시 16분."

"트럭은 한 시간 뒤에 올 거야." 프랜시가 말했다.

"얼마 모았는지 보자."

존 존이 손을 펼쳐 보였다. 10센트짜리 몇 개, 5센트짜리 하나. 다들 자기 주머니를 뒤져 나온 동전들을 존 존의 우묵한 손바닥에 떨궜다. 5센트짜리 몇 개는 자판기의 동전 반환구에서 나왔고, 또 몇 개는 깡마르고 둔한 애들의 스키니진 주머니에서 긁어냈다. 1센트짜리는 학교 관리인 뭉크 씨가 싸리비로 한 구석에 쓸어 모은 쓰레기 더미에서 꽤 많이 발굴했다. 물론 일일이 먼지 덩어리, 껌 포장지, 머리끈 따위와 분리해야 했다. 몇 푼은 교사들 책상에서 슬쩍했다. 오직 책상 위만. 서랍은 건드리지 않았다.

오늘은 25센트짜리가 하나도 없었다. 아쉽게도.

트리스타는 동전들을 손가락으로 옮겨가며 세었다.

"칠십, 팔십, 팔십오, 팔십육, 팔십칠, 팔십팔, 팔십구……."

"구십?"

비트는 존 존의 손과 학교 정문을 번갈아 보며 물었다. 워클리 씨가 언제 어디서 나타날지 몰랐다.

"어. 겨우 90센트."

트리스타가 다시 한번 세어 확인하고는 초조한 듯 서성이는 비트에게 물었다.

"이걸로 될까?"

"되게 해야지."

앞장서는 비트를 나머지가 뒤따랐다. 사총사는 하교하는 아이들 틈에 끼어 신호등 앞에 섰다. 횡단보도를 건너 큰길인 포털대로로 접어들었다. 차와 자전거가 휙휙 지나갔다. 시내버스와 스쿨버스도 툴툴대고 끽끽대며 배기관에서 매연을 내뿜었다.

여유가 없어도 대화는 끊이지 않았다. 특히 프랜시는 쉴 새 없이 종알거렸다. 초조할 때마다 나오는 버릇이었다. 프랜시는 존 존에게 새치모란 이름을 들어본 적 있는지 물었다. 새치모 젠킨스라는 아이와 스페인어 수업을 함께 듣는데 그냥 그 이름이 마음에

든다는 것이었다.

"아니. 근데 그렇게 따지면 프랜시란 이름도 너 말곤 들어본 적 없는데."

존 존이 어깨를 으쓱하며 말했다.

"그거야 프랜시는 프랜시스의 준말이잖아. 아, 그럼 새치모도 준말일까? 새치모……리스, 새치마우리스…… 새치모카…… 새치모카라테…… 새치…….."

"새치 머리."

비트가 프랜시와 존 존의 실없는 대화에 끼어들었다. 마침 트리스타와의 실없는 대화가 성가시던 참이었다.

"비트, 말 돌리지 말고. 넌 뭐로 할 거냐고?"

트리스타가 끈질기게 물었다. 문학 숙제 얘기였다. 브룸 씨는 각자 사물을 하나씩 골라 그 사물의 관점으로 수필을 써 오라고 했다.

"아까부터 계속 말했지만, 나도 모르겠다고."

비트가 대답하는 사이 스쿨버스 한 대가 덜컹거리며 지나갔다.

"그럼 스쿨버스로 할게. 만족해?" 비트가 덧붙였다.

"별론데."

트리스타가 대꾸했다. 스쿨버스가 정거장에 끼익 멈춰서자 비트가 두 손으로 귀를 막았다.

"아, 저 소리 진짜 싫어. 내가 꼭 스쿨버스가 돼야 한다면 하늘을 나는 스쿨버스가 될 거야. 브레이크를 밟아서 저딴 소음을 내지 않도록. 어때?" 비트가 말했다.

"글쎄, 벌써 하늘에서 떨어지는 스쿨버스가 내 눈에 선한데?"

트리스타는 숨죽여 키득거렸지만 비트 귀에는 다 들렸다.

"그럼 로켓으로 하겠어."


여섯 블록을 지나 크로스만가에 접어들어 첫 집에 도착했다. 모퉁이를 돌자마자 나오는 오래된 집. 마당에 차들이 빽빽하고 진입로에는 드럼통 그릴과 타이어들이 켜켜이 쌓여있어 입구부터 너저분하지만,

엄연히 주전부리의 권위자 씨씨 씨의 집이었다.

씨씨 씨는 반삭파의 부모들이 어렸을 때부터 그 동네 사탕 공급책으로 통했다. 크로스만 가에는 구멍가게가 드물어 사탕, 과자류의 접근성이 좋지 않았다. 사실 다섯 블록 안에 하나도 없었다. 씨씨 씨는 진작 그 수요를 파악하고 간이매점을 차렸다. 특장점은 바로 24시간 영업한다는 것이었다.

비트를 선두로 반삭파는 어지러운 진입로를 줄줄이 지나 초인종을 눌렀다. 초인종은 막 잠에서 깬 노인이 하품하듯 느릿느릿 울렸다. 다들 초조하게 기다리는데 비트는 조바심을 이기지 못하고 한 번 더 초인종을 눌렀다.

또 한 번 더.

"좀, 누군 시간이 남아도는 줄 아나."

비트가 짜증을 냈다.

"침착해. 워낙 느긋한 분이잖아."

프랜시가 말했다.

아니나 다를까, 잠시 후 슬리퍼가 바닥을 직직 끄

는 소리와 함께 나무문 너머로 씨씨 씨의 목소리가
흘러나왔다.

"가요, 가. 바지에 똥 지리지 마셔."

트리스타는 씩 웃었다. 씨씨 씨는 늘 그렇게 말했
다. 제집 초인종을 누르는 사람들이 꼭 화장실이 급
한 사람들뿐이라는 듯이.

문이 휙 열리고 씨씨 씨가 모습을 드러냈다. 까만
가발을 일부러 모자처럼 비뚜름하게 쓴 땅딸막한 노
인. 가발이 너무 까매서 턱에 난 몇 가닥 은빛 털이
더욱 도드라졌다. 청록색 운동복은 옷소매와 바지 끝
단이 댕강 잘려 청록색 실밥이 거미줄처럼 매달려 있
었다. 드러난 발목이 토실토실했다. 얼굴도 마찬가지
였다. 점처럼 오돌토돌한 기미와 가발이 아니었다면
어린아이처럼 보였을 것이다. 그와 반면에 목소리는
트럭 엔진 같았다.

"어디 보자. 한 치, 두 치, 세 치, 네 치. 뭘 원하니?"

"안녕하세요."

반삭파에서 늘 대표로 말하는 예의 담당 존 존이

운을 뗐다. 존 존은 주머니에 동전들을 꺼내 보였다.

"저희 지금 90센트 있거든요. 그래서——."

"사탕이요, 씨씨 할머니." 비트가 끼어들더니 두 손을 맞부딪치며 덧붙였다. "사——탕."

"비트."

프랜시가 진정하라는 듯이 이름을 불렀지만 비트의 귀에는 그렇게 들리지 않았다.

"왜? 맞잖아. 그리고 시간이 별로 없다고!"

비트는 시계 없는 손목을 두드렸다. 맥박을 검사하듯이. 일단 살아있는 건 확실했다.

"무례하게 굴지 마."

트리스타가 차분하게 말했다. 너무나 차분해서 씨씨 씨마저 움찔했다. 비트는 콧김을 내뿜고 애꿎은 손목을 돌리며 꿍얼거렸다.

"계속해, 존 존."

"90센트에 맞춰 최대한 많이 필요하거든요." 존 존이 말했다.

씨씨 씨는 사총사를 차례로 둘러봤다. 키 순으로

가장 큰 존 존부터 비트까지.

"무슨 꿍꿍이속들 있는 거 아니지?"

씨씨 씨가 묻자 다들 눈알만 굴렸다. 아무 말도 못
들은 것처럼. 그러자 씨씨 씨도 물은 적 없다는 듯
눈길을 거뒀다.

"기다려라."

원래 아이들이 보호자 없이 드나들 수 있는 곳이
아니었다. 씨씨 씨는 그 동네 아이들과 그 부모를 모
두 알았지만 아이들이 직접 사탕을 사러 오는 걸 썩
반기지 않았다. 영화 속 납치 이야기의 단골 소재였
기 때문이다. 물론 본인은 결백했지만 동네 사람들의
미심쩍은 눈초리는 사절이었다. 그래서 반삭파는 현
관 앞에서 잠자코 기다려야 했다. 몇 분 뒤 씨씨 씨
가 작은 간이탁자를 들고나와 문밖에 세우고, 주로
방문객들이 코트를 걸어두는 문간 벽장 안에서 사탕
상자들을 꺼냈다.

씨씨 씨는 간이탁자 위에 상자들을 펼쳐 놓기 시작
했다.

"자, 오늘의 1달러 이하 품목들이다. 옛날 사탕들."

"맨날 그래. 새건 없어요? 솔직히 오래된 사탕을 누가 좋아한다고." 비트가 애써 성질을 누르며 투덜댔다.

"오래된 게 아니다, 브리튼. 그저 옛날식이지. 너희들이 환장하는 마이클 조던 운동화가 수십 년째 꾸준히 팔리는 거랑 같은 이치야. 세월이 흘러도 꾸준히 사랑받는 사탕. 나 어릴 땐 한 개에 고작 1센트였는데도 아주 귀했어. 그런데 이제 4센트는 더 받아야겠구나. 건방진 태도세 포함."

비트가 고개를 삐딱하게 꺾자 씨씨 씨도 똑같이 따라 했다.

"하나 배운 셈 치려무나. 게다가 모든 건 세월에 따라 값이 올라."

"물가 상승." 프랜시가 덧붙였다.

"상승은 개뿔." 비트가 자기 주머니를 두드리며 씨근덕거렸다.

"뭐라고?" 씨씨 씨가 마지막 상자를 탁자에 올려

놓으며 말했다.

"아무것도 아녜요." 존 존이 비트의 태도를 무마
했다.

"좋아, 골라봐라. 메리 제인, 투시 롤, 스쿼럴 넛
지퍼—."

비트는 터지려는 웃음을 억눌렀지만 입에서 바람
빠지는 소리가 샜다. 아무리 의연하게 굴고 싶어도
**스쿼럴 넛 지퍼**에는 여지없이 무너지고 말았다. 다람
쥐 불알 지퍼라니.

"끝까지 들어." 프랜시도 웃음을 꾹 참고 말했다.

"……스쿼럴 넛 지퍼, 라이프 세이버 낱개 포장,
비트 오 허니, 찰스턴 츄, 파주카 풍선껌……."

씨씨 씨는 혼잣말처럼 중얼거리며 벽장으로 돌아갔
다가 다시 밖으로 나왔다.

"너희가 가진 짤짤이로 살 수 있는 건 이게 다인
것 같다."

반삭파는 탁자에 모여 상자들을 들여다보며 뭐가
좋을지 고민했다.

"어떻게 생각해, 비트?" 프랜시가 물었다.

"오, 이제야 내 생각이 중요해진 거야?" 비트가 쏘아붙였다.

"그렇게 매번 꼬아 듣지 마." 존 존이 말했다.

"네가 우리보다 잘 아니까 하는 말이야. 그러니까 이 사탕으로 뭘…… 어떻게…… 할지." 프랜시가 덧붙였다.

"내 말이." 트리스타가 뒤통수를 긁적이며 말했다.

씨씨 씨가 두 손으로 귀를 막았다.

"난 모른다. 알고 싶지 않아."

"할머니가 어렸을 때부터 이 사탕들이 인기 있었다고 했죠?"

비트가 묻자 씨씨 씨는 귀에서 손을 뗐다.

"그래."

"뭘 제일 좋아했어요?"

씨씨 씨가 상자들을 눈으로 살폈다.

"흠. 메리 제인과 라이프 세이버 둘 중에 우열을 가리기가 어렵구나. 땅콩버터에 시럽을 섞은 메리 제인은 천국의 맛이고, 설탕 덩어리 라이프 세이버는 달다구리가 부족한 어린 씨씨에게 문자 그대로 생명의 은인이었지."

"그럼 두 가지를 줄 수 있는 만큼 주세요."

씨씨 씨가 셈을 했고, 잠시 후 사총사 앞에 사탕 열여덟 개가 주어졌다. 메리 제인 아홉 개, 라이프 세이버 아홉 개.

존 존은 씨씨 씨의 손바닥에 동전들을 떨구고, 비트는 사탕들을 두 손 가득 그러쥐었다.

"또 봐요, 씨씨 할머니." 비트가 이미 돌아서면서 말했다.

"저 버르장머리하고는. 너희 엄마한테 내가 기도하고 있다고 전해주렴. 너희 엄마들 모두를 위해서, 요 골칫덩이들아." 씨씨 씨가 구시렁거렸다.

"반삭파예요." 프랜시가 씩 웃으며 말했다.

"반삭파든, 대머리파든, 너희들은 언제까지나 나한테 골칫덩이들일 거다."

"아 쪼오오오옴. 시간 없다고!" 어느새 진입로 끝

까지 간 비트가 발을 구르며 외쳤다.

네 사람은 큰길로 돌아갔다. 자동차와 트럭, 하교 후 빈둥거리는 아이들로 북적이는 포털대로로.

"어떻게 나누면 돼, 프랜시?"

존 존이 주머니에서 작은 비닐봉지 한 묶음을 끄집어내면서 물었다.

프랜시는 반삭파에서 셈에 가장 밝았다. 비트와 존 존이라면 계산기, 트리스타라면 연습장 두 쪽은 필요한 계산식을 프랜시는 머릿속으로 척척 풀어냈다.

"열여덟 개니까 세 개씩 여섯 봉지로 하자. 한 봉지에 1달러."

"그럼 다 해서 6달러밖에 안 되잖아." 비트가 말했다.

"그 정도면 충분해." 존 존이 말했다.

"아니. 더 필요해. 더 뽑아낼 수 있어."

비트는 친구들을 마주 보고 말하려고 뒤로 걷기 시작했다.

"난 그 사람들을 잘 알아. 아니, 그런 부류의 사람

들. 짤짤이는 안 가지고 다녀. 그래서 1.5달러를 부르면 2달러를 줄 거야. 그건 그렇고, 여섯 봉지를 거래하기엔 시간이 모자라. 여섯 개씩 세 봉지로 하자. 한 봉지당 2.5달러. 그럼 3달러씩 낼 테고—."

"우린 9달러를 얻는 거지."

봤는가? 아무리 프랜시가 계산에 능해도 비트의 잔머리가 한 수 위였다. 반박 불가.

반삭파는 계산을 끝내고 플레이서가로 달려가 길 모퉁이에 멈춰서 숨을 고르며 사탕을 비닐봉지에 나눠 담았다. 메리 제인과 라이프 세이버가 세 개씩 담긴 봉지 세 개.

트리스타가 이번에도 뒷주머니에서 휴대폰을 꺼내 시간을 확인했다.

"3시 44분이야. 15분 남았어."

"서둘러야 해."

프랜시가 봉지 끄트머리를 돌돌 말아 묶으며 말했다.

한 블록 지나서 목적지에 도착했다. 낡은 집처럼

보였지만 엄연히 간판을 내건 가게였다.

**플레이서 당구장.**

반삭파는 잠시 그 집을 응시하다가 용기를 내어 안으로 들어갔다. 실제로 용기가 났는지 안 났는지 알 수 없지만, 비트는 "준비됐지?" 하며 문을 활짝 열었다. 문 위에 달린 종이 딸랑거렸다. 비트가 앞장서 연기 자욱한 실내로 들어서자 존 존, 트리스타, 프랜시가 바짝 뒤따랐다.

당구공 하나가 다른 공과 딱, 맞부딪히는 소리를 제외하고 침묵이 흘렀다. 완전한 침묵. 입가에 담배를 문, 인간 담배처럼 보이는 나이 지긋한 남자들이 일제히 고개를 돌려 쳐다봤다. 잠시 후 비트는 가슴을 부풀리고 어깨를 한껏 젖히며 말했다.

"사탕 사세요."

낡은 나무 카운터에 앉아있던 남자가 일어났다.

"애야, 여긴 애들이 드나드는 곳이 아니다."

비트도 알았다. 사총사 모두 마찬가지였다. 하지만 한동안 이곳을 눈여겨봤다. 길 건너 벤치에 앉아이 집에 누가 들어가고 얼마나 오래 머무는지 지켜봤다. 문이 열릴 때마다 연기들이 뿜어져 나왔다. 돈을 잃었다고 투덜대는 소리와 돈을 땄다고 으스대는 소리가 터져 나왔다. 이곳은 포켓볼을 즐기는 사람들을 위한 장소였지만, 노름판이기도 했다.

"너 나 알지 않니?"

다른 남자가 말했다.

"그건 상관없고, 우리는 사탕을 팔아요. 사시든가 가시든가."

비트의 말에 존 존, 트리스타, 프랜시는 속으로 놀랐다. 사실 비트가 이런 식으로 허세를 부리는 건 처음이 아니었다. 한번은 빙고 게임장에 들어가 어떤 할머니에게 자신이 행운의 부적이라며 팁을 요구한 적도 있었다. 하지만 이번엔 좀 달랐다. 목소리에 날이 서 있었다. 한 번도 들어 본 적 없는 말투.

실제로 남자는 비트를 알아보았다. 같은 동네 사람인데 언젠가 비트의 엄마 차를 수리해 준 적이 있었다. 그때 비트는 혹시 엄마가 덤터기를 쓸까 봐 엔

진을 검사하는 남자 옆에 딱 붙어 서서 매의 눈으로 감시했다.

"우린 사탕 필요 없다. 그러니까 —."

"메리 제인이랑 라이프 세이버 있어요."

프랜시가 끼어들어 손에 든 봉지들을 흔들었다. 그 안에 금화라도 든 것처럼.

"네, 메리 제인이랑 라이프 세이버 있어요." 비트가 되풀이했다.

"메리 제인?"

안쪽에 있던 안대 쓴 남자가 외쳤다. 그러고는 당구대 위에 큐를 올려놓고 반삭파에게 다가왔다.

"너희가 메리 제인을 어떻게 알아?"

"저희 물건이니까요. 라이프 세이버도요."

"낱개 포장이죠." 존 존이 씨씨 씨가 강조했던 말을 덧붙였다.

"진짜 오랜만에 들어본다. 안 그래?" 남자가 껄껄 웃으며 옆 사람의 등을 쳤다.

"그러게 말이야. 옛날에 가끔 시골에 내려가면 우

리 조부가 늘 주머니에서 하나씩 꺼내 줬다고. 녹아 문드러져도 맛은 좋았어. 조모는 주로 딸기 맛 사탕을 줬는데 그게 동나면 체리 맛 라이프 세이버를 줬지."

"버터스카치 사탕도 많이 먹었잖아." 또 다른 남자가 말했다.

"어휴! 이가 닳도록 먹어댔지. 또 그 뭐냐…… 스쿼럴 넛 지퍼!" 당구장 주인이 외쳤다.

"모두 끝내주는 사탕들이죠……."

비트가 그들의 추억여행을 뚝 끊었다.

"하지만 아까 말씀하신 대로, 저흰 여기 드나들면 안 되니까 —."

"얼마니?" 안대 쓴 남자가 물었다.

비트가 친구들을 돌아보고 은근슬쩍 눈썹을 치켜올렸다.

"각각 세 개씩 여섯 개 들어있고, 2.5달러예요."

"2.5달러? 그것들은 하나에 1센트짜리야! 물론 나 어릴 때 얘기지만." 안대 쓴 남자가 어이없다는 듯이 말했다.

"우리 엄마도 어릴 때 기름값이 리터당 1달러였다고 했어요." 비트가 받아쳤다.

"그리고 조던 운동화도, 뭐냐, 80달러쯤이었대요. 모든 건 세월에 따라 값이 오르잖아요." 존 존이 또 한 번 씨씨 씨의 단골 멘트를 읊었다.

반삭파는 파도처럼 돌아가며 어깨를 으쓱했다.

"예나 지금이나 비싼 건 비싼 거란다, 얘들아." 안대 쓴 남자가 말했다.

"이 사람아, 예나 지금이나 구하기 힘든 게 뭔지 알아? 바로 메리 제인이야."

또 다른 남자가 주머니를 뒤지며 말했다. 길모퉁이에 그걸 5센트에 파는 할머니가 있다는 건 모르는 눈치였다.

"2.5달러랬지?"

"네." 비트가 초조한 듯 발가락을 꼼지락대며 대답했다.

"잔돈 있니?"

비트가 다시 한번 자기 친구들을 돌아보며 눈썹을
치켜올렸다.

"아니요."

남자는 주머니에서 3달러를 꺼내 비트에게 건넸다.
프랜시가 첫 번째 봉투를 건넸다.

"고맙습니다." 트리스타가 말했다.

"저 양반한테 딴 돈이야."

그가 붉은 머리 남자를 가리키며 말했다. 당사자는
그저 피식 웃으며 사총사가 알아들을 수 없는 말을
중얼거렸다.

"저 양반이 삐끗해서 검은 공을 넣어버렸지. 난 앉
아서 이겼어!"

사탕 구매자는 주먹을 쥐고 쾌재를 불렀다.

그게 다였다. 남은 두 봉지도 즉시 팔렸다. 알고
보니 당구장 남자들은 지고는 못 사는 성격들이었다.
존 존, 프랜시, 트리스타의 눈에는 나이 든 비트가
가득한 광경이었다. 비트의 먼 훗날을 엿본 느낌이
랄까.

반삭파는 9달러를 챙겨 문을 나섰다. 시간이 빠듯했다. 트리스타가 휴대폰으로 시간을 확인할 필요도 없었다. 눈앞에서 아이스크림 트럭이 평소에 서는 플레이서가 다섯 번째 집 앞에서 떠나고 있었으니까. 매일 4시에 그 자리에 서는 트럭은 기다리는 아이들이 없으면 머물지 않고 2분쯤에는 떠났다.

지금은 3분이었다.

그래서 사총사는 달렸다.

아이스크림 트럭을 향해 멈추라고 소리 지르며 거리를 질주했다. 반 블록쯤 지났을 때, 마침내 트럭이 멈춰 섰다. 겨우 따라잡은 반삭파가 트럭 옆구리를 툭툭 쳤다. 운전자가 창문을 당겨 열었다.

"그냥 갈 뻔했구나."

**아이스크림 아저씨**가 말했다. 아저씨라기보다 누군가의 큰아들처럼 보였지만.

"무슨 맛 줄까?"

"바닐라 소프트아이스크림 네 개요." 비트가 주문했다.

"컵? 콘?"

"컵이요."

"스프링클스 뿌릴까?"

프랜시, 존 존, 트리스타가 비트를 쳐다봤다.

"음…… 네."

"넷 다?"

"네."

비트는 친구들에게 물어보지도 않고 답했다. 싫다
는 친구도 없었다.

아이스크림 아저씨는 창문 너머로 컵을 하나씩 내
밀었다. 무지개색 스프링클스가 가득 뿌려진 바닐라
소프트아이스크림. 비트는 반삭파에게 하나씩 돌리고
아이스크림 아저씨에게 9달러를 건넸다.

"8달러다." 남자가 말했다.

"한 장은 아저씨 거예요. 트럭 세워준 보답이요."

이내 트럭이 떠나자 존 존, 트리스타, 프랜시, 비
트는 집 몇 채를 지나 아담한 집 앞에 도착했다. 모
두 와본 적 있는 집이었다. 트리스타와 프랜시는 귀

엽다 했고 존 존은 별생각 없고 비트는 우리 집이라 부르는 곳. 비트가 주머니에서 열쇠를 꺼내 문을 열었다.

"엄마! 옷 입고 있어?" 비트가 외쳤다.

잠시 후, 비트의 엄마인 번즈 씨가 안방에서 나와 그들을, 즉 신선한 아이스크림을 하나씩 든 반삭파를 반겼다. 한 번 핥지도, 한 술 뜨지도 않은 상태였다. 번즈 씨의 얼굴은 어두우면서도 밝았다. 갈색 피부가 창백했다.

암이 재발한 것이다.

하지만 의사들은 번즈 씨가 이번에도 이겨내리라 낙관했다.

"다들 어쩐 일이니? 학교는 어땠어?"

번즈 씨가 비트의 이마에 입 맞추며 물었다. 비트는 엄마의 질문을 무시했다.

"항암 치료 첫날은 어땠어?"

"아…… 알잖니. 항암이 그렇지 뭐. 괜찮아."

번즈 씨는 지친 목소리로 명치께를 어루만지며 대

답했다.

"좀 메슥거리는 것뿐이야."

"그럴 줄 알고 아이스크림을 다발로 준비했지."

비트는 게임 쇼 진행자처럼 한 손을 펼쳐 아이스크림 네 컵을 자랑했다.

"바닐라 맛이야."

나머지 반삭파는 비트를 바라봤다. 90센트를 9달러로, 짤짤이를 아이스크림 네 컵으로 탈바꿈시킨 잔머리의 귀재는, 어느새 누군가의 아들로 탈바꿈했다. 두려움에 떠는 아들로. 엄마를 사랑하는 아들로.

번즈 씨가 미소 지었다. 반짝이는 눈동자가 이 얼굴에서 저 얼굴로, 이 까까머리에서 저 까까머리로 옮겨 갔다.

"스프링클스도 뿌렸어."

# 바스티온가

7

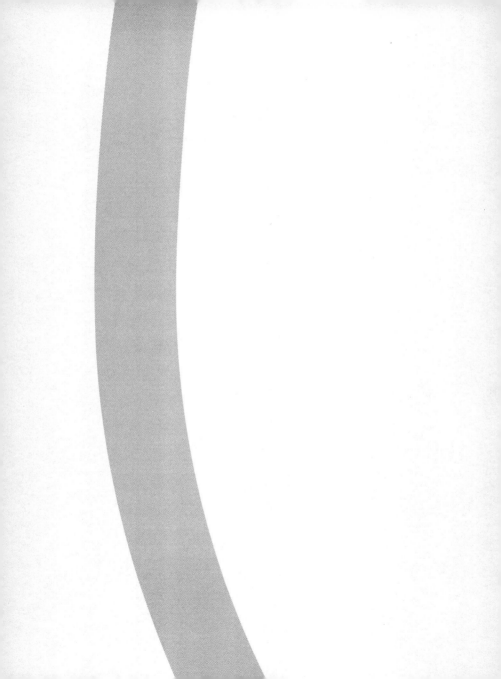

# 스케터 뺑소니 사건

만약 어제, 하굣길이 평소와 다를 줄 알았더라면 피아 포스터는 그렇게 서두르지 않았을 것이다. 마지막 종이 울리자마자 사물함에 달려가 스케이트보드를 꺼내 타고, 작은 기차처럼 바닥을 끼익끼익 울리며 라티머 중학교 복도를 가로지르지 않았을 것이다. 쏜살같이 인파를 뚫고 지나가는 자신에게 눈살을 찌푸리는 아이들을 무시하지 않고 양해를 구했을 것이다. 학교를 벗어나는 데 급급해 누군가의 발목을 삐게 할 뻔하거나 발등을 밟고 지나갈 뻔한 걸 사과했을 것이다. 어쩌면 제 발로 걸었을 것이다. 이번만큼은. 어쩌면 폰 샘즈에게 말을 걸어 대화를 나누었을

것이다. 피아를 제외하고 스케이트보드를 타는 유일
한 여자 스케이터. 피아가 존중하는 유일한 다른 스
케이터. 어쩌면 폰과 함께 보드의 바퀴를 조였을 것
이다. 보드 디자인, 스티커, 스니커즈에 관해 이야기
했을 것이다. 스쿨버스가 모두 떠난 뒤 주차장에서
힐플립, 킥플립 같은 묘기를 부렸을 것이다. 어쩌면
휴대폰으로 함께 동영상을 봤을 것이다. 피아의 언니
인 산티가 원피스에 구두 차림으로 보드 위에서 점
프하는 영상을. 어쩌면 폰에게 말했을 것이다. 산티
에 대해서. 산티에게 일어난 일에 대해서. 그럼 아마
폰은 아무 말도 하지 않았을 것이다. 폰도 말수가 적
은 편이니까. 하지만 분명 들어줬을 것이다. 진지하
게. 아니, 애초에 모두 부질없는 가정일 것이다. 피아
는 원체 조용조용한 애고, 여느 스케이터들이 그렇듯
이 입이 아니라 스케이트보드로 말했으니까. **다치고
싶지 않으면 비켜!**

피아는 자기 보드에 스키터라는 이름을 붙여주고
친구처럼 대했다.

만약 어제, 그 보드의 이름이 스키터라는 걸 스티비 먼슨이 알았더라면, 피아의 이름이 피아라는 걸, 피아에게 산티라는 언니가 있었다는 걸 알았더라면, 말이라도 걸었을 것이다. 뭐라도 했을 것이다. 실제와 달리 뭐라도.

브룩셔 남자중학교의 마지막 종이 울리자, 테스토스테론이 복도에 봇물 터지듯 쏟아져 나왔다. 목에 맨 녹색 넥타이들이 물 만난 고기 떼처럼 펄떡였다. 깔 맞춤한 재킷과 바지. 대체로 흰 셔츠의 목깃은 땀으로 눅눅하고, 가슴께엔 먹다 흘린 케첩 얼룩들이 희미하게 남아있었다. 하지만 스티비의 셔츠는 땀과 음식 얼룩뿐만 아니라 낙서로 얼룩덜룩했다. 마커스의 낙서.

마커스 브래드포드는 각진 얼굴의 야구부원으로, 매일 사인펜으로 스티비의 등판에 뭔가를 써 갈겼다. 스티비는 땀이 많은 체질이라서 교실에서 늘 재킷을 벗어두었다. 안 그랬다가는 재킷을 행주처럼 비틀어 짜야 할 테니까. 그리고 재킷 속에 입는 옥스퍼드 셔츠는 모두 두 치수나 컸다. 스티비의 엄마는 매년 새 셔츠를 사줄 여유가 없었으니까. 학비도 겨우 내는 수준이라 교복은 스티비가 무럭무럭 크는 수밖에 없었다. "머지않아 딱 맞을 거야." 스티비의 엄마는 그렇게 말했지만, 품이 너무 헐렁해서 그 위를 마커스의 사인펜이 가로질러도 잘 알아차리지 못했다. 그래서 마커스는 스티비의 셔츠를 탈의실 벽처럼 이용했다. 엉터리 그라피티와 욕설로 가득 채웠다.

그리고 만약 어제, 피아가 스티비의 이름을 알았더라면, 아니 악수를 청하며 한마디라도 주고받았더라면, 피아는 스티비의 감정을 읽었을 것이다. 그 두려움을. 어쩌면 스티비도 피아의 두려움을 읽었을 것이다. 어느 쪽이든, 피아는 목에 걸고 있던 집 열쇠를 손가락 사이에 끼우고 꽉 쥐어서 주먹칼을 만들었을 것이다. 만약에 대비해서.

그리고 만약 어제, 스티비가 마커스의 속셈을 미리 알아차렸더라면, 마커스 패거리를 따라 그곳에 가지 않았을 것이다. 고자질은 선택사항이 아니었다. 밀고

자는 칼 맞고 죽는 수가 있으니까. 며칠 전에 스티비의 셔츠 등판에 초록색 음경을 그리고서 마커스가 속삭인 말이었다. 그 밑에는 **풋고추**라고 쓰여있었다. 만약 스티비의 엄마가 표백제를 왜 그렇게 많이 쓰냐고 묻지 않았더라면, 스티비는 그곳에 가지 않았을 것이다.

"네 옷을 스스로 빠는 건 대견하지만 세제랑 표백제는 땅 파면 나오는 게 아니란다."

스티비는 차마 **죄송해요, 학교에 제 옷에 낙서하는 녀석이 있어서요**라고 대답할 수 없었다. 그야 엄마는 **비싼 교복을 그런 꼴로 만들어 오라고 비싼 사립학교에 보낸 줄 아니? 교장 선생님께 전화해야겠다**라고 말할 테니까. 안될 말이었다. 밀고자의 최후는 뻔했다. 게다가 교장은 이미 알고 있었다. 셔츠 등판의 낙서들을 똑똑히 보았고 그저 이렇게 말했다. **사내녀석들이란.**

하지만 스티비가 자기 엄마에게 마커스에 대해 털어놓거나 말거나, 피아는 어제 똑같은 하굣길을 택

했을 것이다. 스케이트보드를 타고 학생들 사이를 질주하며 그 모든 눈총과 원성, "교내에서 스케이팅 금지!"라고 외치는 워클리 씨를 무시한 채 바닥을 차며 자유를 만끽했을 것이다. 발이 땅에 닿지 않는 데서 오는 자유. 스쿨버스 탑승자들과 학부모 차들을 피해 교문을 통과하고, 포장도로를 누비고, 아스팔트의 파도를 탔을 것이다. 스케이팅은 자유를 의미하기에, 주황색 완장을 찬 보행안전 유도원의 호루라기 소리도 언제나 무시했다. 규칙은 수업 중에만 지켰다. 성적에 포함되니까.

그렇다고 수업 태도가 썩 바른 건 아니었다. 피아는 고난도 스케이팅 기술인 180알리를 머릿속으로 반복하며 책상 위에 산티의 이니셜인 S를 새기곤 했다. 자기 언니의 필체대로 각진 8처럼 보이게끔. 브룸 씨가 읽으라는 책은 단 한 장도 읽지 않았다. 수업 중에 호명되어 어떤 책 속에서 어떤 늙은 남자가 어떤 의미인지 설명해야 하느니 차라리 발목을 삐는 편이 덜 괴로울 것 같았다. 피아는 늘 엉덩이가 가벼웠다. 어서 바람을 가르며 포털대로를 타고 바스티온 가의 스케이트보드장에 들렀다가 산티가 다니던 길을 따라 집에 가고 싶어서.

스티비는 늘 엉덩이가 무거웠다. 교실을 벗어나 봐야 마커스 패거리가 기다리고 있었으니까.

한번은 놈들이 넥타이를 너무 세게 잡아당기는 바람에 일주일 내내 목이 아팠다. 놈들이 **당나귀 꼬리 잡기**라고 부르는 짓이었다. 돌처럼 딴딴해진 삼각형 매듭이 도저히 풀리지 않아서 할 수 없이 가위를 써야 했다. 잘라낸 넥타이는 책가방 깊은 곳에 죽은 뱀처럼 묻혔다. 실수로 잃어버렸다고 했더니 스티비의 엄마는 노발대발했다.

"그런 걸 잃어버리라고 비싼 사립학교에 보낸 줄 아니? 그런 걸 만드는 사람이 되라고 보낸 거다!" 하지만 스티비의 엄마는 자기 아들을 잘 알았다. 스티비는 건망증이 심해서 한눈을 오래 팔면 자기가 누군지도 깜빡할 수 있는 애였다.

언젠가 스티비가 한눈을 팔고 있을 때 마커스 패거리는 스티비의 바짓가랑이에 물을 쏟았다. 그러고서 두 손으로 확성기를 만들어 스티비가 오줌을 쌌다고 떠들어댔다. 스티비가 제발 그러지 말라고 사정했지만 놈들은 들은 척도 안 하고 고래고래 소리쳤다. **여기 좀 봐! 얘 바지에 오줌 지렸어!** 스티비는 식겁한 나머지 그 거짓을 진실로 만들 뻔했다.

또 한번은 마커스가 TV에서 본 레슬링 기술을 연습하겠다고 했다. 연습 상대로 누가 제격이었을까? 스티비는 눈 뜨고 당했다. 메치기, 팔꿈치 떨어뜨리기, 말뚝 박기, 길바닥에 깔고 앉아 3초 세기. 하나, 둘, 셋. 그동안 다른 녀석들은 관중처럼 손을 쳐들고 환호했다. 누군가가 휴대폰으로 촬영한 영상은 바이러스처럼 퍼졌다.

그러므로 스티비는 엉덩이가 가벼울 수 없었다. 어제까지는. 왜 하필 어제냐고? 마침내, 마커스 패거리가 스티비에게 자유를 주겠다고 제안했으니까.

어제, 피아는 그들을 보았다. 서로 낯이 익지만 말을 섞은 적은 없었다. 평소에 그들은 한쪽으로 비켜서서 스케이트보드를 탄 피아에게 길을 내줬다. 보통 스케이트보드장 울타리 길에 남자애 셋이 모여 있었는데, 이번에는 넷이었다. 전원 녹색 교복. 만약 피아가 마커스를 몰랐다면 사립중학교 남학생들이 아주 건실한 줄 알았을 것이다. 반듯이 맨 넥타이가 어른스러워 보인다고 생각했을 것이다. 완벽한 이웃, 깨끗한 창문, 교복보다 푸른 정원이 딸린 완벽한 집에서 산다고 착각했을 것이다. 아침에는 커피 향이, 저녁에는 팝콘 냄새가 가득한 집.

하지만 피아는 마커스를 알았다.

마커스는 피아의 엄마가 자주 가는 미용실 사장의 아들이었다. 피아의 엄마는 특별한 날 피아의 할머니 집에 저녁을 먹으러 갈 때마다 그곳에서 머리를 했다. 그리고 작은딸을 얌전히 따라나서게 할 유일한 방법이 야외 주차장에서 스케이트보드를 타게 하는 것임을 알았다. 피아가 제 차례가 올 때까지 몇 시간

씩 대기하며 오래된 잡지들을 뒤적거릴 필요가 없도록. 잡지마다 머리부터 발끝까지 치장한 젓가락 몸매의 모델들이 가득했고 산티의 향수 냄새가 났다. 피아가 좀 더 어릴 때는 그 잉크와 접착제, 꽃향기가 묘하게 뒤섞인 페이지에 코를 박고 킁킁대곤 했다. 그러다 유독 대기 시간이 길었던 어느 날, 피아는 그 냄새를 맡고 또 맡다가 메스꺼워져 그만 바닥에 토를 쏟았다. 그때부터 피아의 엄마는 스키터와의 동행을 허락했다.

피아가 보드를 타고 주차장을 이리저리 가로지를 때 마커스는 뚱한 얼굴로 미용실 바닥의 머리카락을 쓸다가 나와서 구경하곤 했다. 그러다 한번은 자기도 타봐도 되냐고 물었다. 피아는 스키터를 발로 툭 밀어 보냈다. 마커스는 보드에 한 발을 올리고 자세를 잡았다. 그리고 다른 발을 들어 올리는 순간, 보드가 휙 미끄러졌다. 마커스는 헛숨을 들이켜고서 땅에 철퍼덕 엎어졌다. 바짓가랑이가 찢어져 슈퍼맨 속옷이 활짝 드러났다.

피아는 웃지 않았다. 오히려 도와주려고 손을 내밀었다. 하지만 마커스는 엉덩이를 가리고 눈물을 닦느라 피아의 손을 잡을 여유가 없었다. 그 후로 다시는 피아를 따라 주차장으로 나오지 않았다. 몇 년 뒤 단 하루만 빼고. 그날, 마커스는 피아에게 말을 걸거나 스케이터를 타봐도 되냐고 묻지 않았다. 그저 갓돌에 앉아 지켜봤다. 피아가 평소보다 더 세게 바닥을 차고, 보드가 미워 죽겠다는 듯이 갓돌에 긁으며 아스팔트 위를 가로지르고, 무리라는 걸 알면서도 땅을 박차 고난도 기술을 시도하고, 번번이 넘어지고 다시 일어나 보드에 올라타는 모습을. 마커스의 가짜 비웃음을 무시하면서.

피아는 결코 그날을 잊을 수 없었다. 언니의 장례식에 참석하려고 머리를 손질한 날. 체감상 200개쯤 되는 머리핀으로 고정한 묶음머리는 미용실 의자를 벗어나자마자 가려워서 견딜 수 없었다.

어제 마커스 무리를 봤을 때, 피아는 꼭 그때처럼 머리가 가려웠다. 넥타이의 삼각 매듭들을 보니 자기

목이 졸리는 느낌이 들었다. 왜냐면 피아는 마커스의 엄마를 알았으니까. 그 눈가의 검푸른 멍이, 부은 턱과 이마의 혹이 어디서 오는지 알았으니까. 2년 전바로 그날, 피아가 미용실에서 머리를 감고 올려 묶기 전에 엄마가 마커스의 엄마에게 언제 남편과 갈라설 거냐고 묻는 걸 들었으니까. 드라이어 바람 때문에 피아의 귀에는 두 여자가 토네이도 속에서 속삭이는 것처럼 들렸지만.

"그래, 물론 네 사정이야, 리디아. 신경 끄라면 끌게. 우리 산티를 그렇게 보내고 나도 제정신 아니니까. 하지만 그냥 두고 볼 수가 없어서 그래. 너랑 마커스가 걱정돼서 그래. 그러니까 다시 한번 물을게. 그놈이 널 죽이기 전에, 대체 언제 떠날래?"

어제, 스티비가 깨달았을 때, 길에서 스케이트보드를 타는 여자애가 표적이 되리라는 걸, 그리고 그게 마커스 패거리가 자신을 놔주는 조건이라는 걸 알았을 때, 스티비는 두려웠다. 토할 것 같았다.

"어…… 어쩌라는 건데?"

목이 메 말도 잘 안 나왔다.

"그냥 간단한 놀이야."

마커스가 스티비의 어깨를 움켜쥐며 말했다. 마치 피아에게 던질 강속구처럼. 하지만 스티비는 커브볼을 떠올렸다. 자신은 그 애에게 아무 짓도 하지 않을 거라고 말했다.

"쟤한테 뭘 하라는 건 아니야."

마커스는 스티비를 쏘아보며 덧붙였다.

"그냥 보드만 뺏어. 그게 다야."

잠시 후 패거리는 인간 바리케이드가 되어 인도를 가로막았다. 피아는 잠시 차도로 우회할까 했지만 차들이 쌩쌩 지나다니는 구간이라서 위험했다. 예전에 한 번 시도해 봤는데 너무 무서웠다. 그래서 마지못해 한 발로 보도블록 위를 끌듯이 디뎌 속도를 줄이고 보드의 꽁무니를 밟아 올려 손에 들었다.

"좀 지나갈게."

피아가 마커스에게 정중하게 말했다.

"잠깐."

마커스는 가슴을 부풀리고 말했다.

피아는 눈을 내리까는 법이 없었다. 남자애들의 얼굴을 하나씩 쳐다봤다. 다들 시선을 맞받아쳤지만 단한 명, 낯선 남자애, 스티비는 눈앞의 피아만 빼고 위아래 양옆 모든 곳을 봤다.

"보드 좀 빌려줄래? 잠깐이면 돼. 내 친구가 요즘 기술 하나 연습 중인데 보여주고 싶대서."

마커스가 스티비를 툭 치며 말했다.

"보드 타는 애처럼 안 보이는데."

피아가 스티비를 위아래로 훑어보며 말했다.

"너보다 잘 탈걸."

마커스가 스티비를 앞으로 떠밀며 피아에게 한 발짝 다가섰다.

피아의 눈에 스티비는 당장이라도 제 몸에서 뼈들을 토해내고 살가죽 채로 보도블록에 풀썩 쓰러질 것처럼 보였다.

피아는 스티비가 내뿜는 냄새를 맡을 수 있었다.

잡지에 배긴 향수 냄새보다 독한 두려움의 냄새. 교복 재킷이 땀에 절어 축축해 보였다. 그리고 스티비가 뭐라고 대꾸하기도 전에, 마커스가 손을 뻗어 스키터의 가장자리를 덥석 잡았다. 피아는 놓아주지 않았다. 그렇게 서로 보드를 움켜쥐고 힘겨루기를 하다가 마커스는 다른 수를 썼다. 갑자기 손을 놔버렸다. 피아는 휘청했지만 넘어지지는 않았다. 균형 감각. 하지만 마커스는 거기서 멈추지 않았다. 곧바로 피아의 어깨를 밀쳐 넘어뜨렸다. 스케이트보드가 피아의 손에서 떨어져 나와 차도로 미끄러져 들어갔고, 차 한 대가 빵, 하고 경적을 울리더니 그것을 밟고 지나갔다.

"오오오오!"

나무판자가 와작 쪼개지는 소리에 남자애들이 탄성을 질렀다. 그들의 멍청한 흥분이 피아를 쪼갰다.

피아의 목소리에 금이 가고, 반으로 찢어졌다.

피아는 일어나 달렸다. 가슴이 쿵쿵 뛰었다. **언니. 언니. 언니.**

스티비가 피아를 뒤쫓았다.

피아는 전속력으로 달렸다. 산티를 생각하며. 그 남자애에게 떠밀려 스케이트보드에서 떨어지는 산티를.

스티비는 달리기를 멈췄다.

피아는 집으로 내달렸다. 산티를 생각하며. 그 남자애가 단지 자기보다 보드를 잘 탄다는 이유로 산티에게 저지른 짓을 생각하며.

머릿속에 자기밖에 없던 그 남자애는. 보드 위의 산티를 떠밀었다.

차들이 쌩쌩 오가는 도로로.

만약 어제 스티비가 알았더라면, 그 짓이 마커스 패거리의 일원이 되는 조건인 줄 알았더라면, 스티비는 거기 가지 않았을 것이다. 아니, 갔더라도, 어떻게든 마커스를 막았을 것이다. 스티비는 왜 거기서 아무 말도 하지 않았을까? 왜 아무것도 하지 않았을까? 바로 그게 어제 스티비가 뒤로 돌아 발걸음을 옮기며 자문한 것이다. 바로 그게 어제 스티비가 차도에 발을 들이며 자문한 것이다. 소심하게 손을 들어 차들을 멈춰 세우고, 반으로 쪼개진 스케이트보드를 주워들며 자문한 것이다. 스티비는 쪼개진 스케이트보드를 두 쪽 난 심장처럼 품에 안고, 주위를 둘러봤다. 마커스 패거리는 진작 사라진 후였다. 찌질이들이 그러는 것처럼. 찌질한 자기 자신처럼.

만약 피아가 알았더라면, 어제 스티비가 쪼개진 보드를 주워 집으로 가져간 걸 알았더라면, 마침내 자기 엄마에게 마커스에 대해 털어놓은 걸 알았더라면, 왜 매일 스스로 셔츠를 빨았는지, 무엇을 지우느라 그 많은 표백제를 썼는지, 잃어버렸다던 넥타이가 왜 가방 안에 있는지, 요즘 왜 입맛이 없는지, 왜 자꾸 성적이 떨어지는지, 그리고 방금 자신이 한 일, 하지 않은 일, 보고만 있었던 일들을 털어놓은 걸 알았더라면, 스티비의 엄마가 비명을 억누르려 애쓴 걸 알았더라면, 아들을 도와 박스테이프로 깨진 보드를 이어붙이고, 한바탕 야단치고, 잠자리에 들게 하고, 오늘 아침 일찍 깨워 집안일을 돕게 하고, 교장과 면담

후에 조퇴시켜 피아의 학교로 짐작되는, 지역 내 유일한 공립중학교에 태워다 주면서 정차 신호에 라디오 뉴스(하늘에서 스쿨버스가 떨어졌다는!)는 무시한 채 훈계를 늘어놓고, 학교 정문 밖에서 뻘쭘하게 피아를 기다리게 한 걸 알았더라면, 스티비가 어제의 침묵을 사과하러 왔다는 걸 알았더라면, 아마도, 아마도, 어쩌면, 어쩌면, 피아는 뒷문으로 떠나지 않았을 것이다.

오늘.

폰과 함께. 땅에 묻힌 언니에게 묻기 위해, 남자애들에 대해, 굳게 묻어뒀던 질문을 하기 위해.

# 포털대로

# 좌우를 (제대로) 살피는 법

파티마 모스는 하굣길에 단 한 사람과만 대화한다. 그리고 그 한 사람과 대화하기 전에 그 길의 모든 세부사항을 자신의 체크리스트에 기록한다. 모든 상수와 변수, 그 한 사람을 포함하여.

오늘의 기록은 다음과 같다.

1. 마지막 종이 5초간 울림.

2. 학생 스물여덟(나까지 스물아홉) 명이 앞다퉈 브룸 선생님의 문학 교실을 빠져나감.

    ─변수: 오늘은 트리스탄 스미스와 브리튼 번즈가 누구보다 빠르게 뛰어나갔다. 하마터면 샘 모스바를 쓰러뜨릴 뻔함.

3. 나도 교실에서 나옴.

4. 전교생이 복도로 쏟아져 나와 있다.

5. 너무 시끄러워서 제대로 생각을 할 수 없다.

6. 이 노트를 꺼내러 사물함으로 감. 일부러 안전한 곳에 보관해 뒀다. 노트가 있으면 제대로 생각을 할 수 있다.

7. 내 자물쇠 비밀번호는 한결같다.

8. 안 열림.

9. 당황함. 나도 모르는 사이에 비밀번호가 바뀌었다면 노트를 영영 못 찾게 된다.

10. 다시 시도, 열림.

11. 내 자물쇠 비밀번호는 한결같다.

12. 노트와 숙제를 위해 필요한 교과서들을 꺼냄. 하지만 보통 나는 학교를 떠나기 전에 모든 숙제를 끝내기 때문에 한 권도 안 꺼낼 때가 많다.

　　—변수: 오늘은 집에서 할 숙제 있음. 문학 시간에 브룸 선생님이 사물의 관점으로 수필을 써 오라고 했다. 어떤 사물인지는 자유. 어쨌거나 교과서는 필요 없다.

13. 사물함을 떠나 정문으로 향한다. 워클리 선생님이 복도에서

누구에게 고함을 지르느냐에 따라 74걸음에서 84걸음 사이. 오늘은 겐지 톰슨을 등에 업고 달리는 시므온 크로스를 향해 고함을 질렀다(이건 변수라고 할 수도 없음). 81걸음.

14. 이중문은 언제나 활짝 열려있다. 건물 밖으로 나옴.

15. 스쿨버스 여섯 대와 학부모 차량이 두 줄로 대기 중. 존슨 선생님이 교통정리.

16. 86걸음에서 94걸음 사이, 길모퉁이에 보행안전 유도원 포스트 씨가 서있다.

17. 포스트 씨가 "안녕, 파티마."라고 한다.

　　─변수: 오늘은 "이제 가니, 파티마."라고 했다.

18. 포스트 씨의 아들 캔턴이 빗자루를 안고 일시정지 표지판에 기대앉아 있다. 자루 없는 빗자루. 이상하지만 늘 똑같은 모습이라 낯설진 않다.

19. 나는 길을 건널 필요가 없으니 그대로 직진.

20. 모든 표지판(아까 '일시정지' 표지판 하나 포함), 소화전, 보도블록의 균열 수를 세야 한다. 하지만 모든 균열은 아니다. 그러면 너무 많으니까 큰 균열만.

21. 너무 빨리 걷지 않는다. 이제 집들을 봐야 하니까. 어떤

게 생겼는지

22. 그대로다. 모두 그레이엄 그래커로 만든 집처럼 생겼다. 유치원 때 그린 집들처럼 네모 위에 세모. 단지 훨씬 클 뿐이다. 창문들도 금직금직. 안에는 아무도 앉지 않는 거실과 베이지색 카펫이 있을 것 같다.

23. 포스트 씨가 있는 길목부터 우리 집 사이에는 열아홉 집이 있다.

24. 우리 집은 스무 번째 집이다.

25. 우리 집도 다른 집과 똑같이 생겼다. 안에는 아무도 앉지 않는 거실과 베이지색 카펫이 있다.

26. 그래서 집들은 너무 주의 깊게 볼 필요는 없다. 표지판을 센다.

27. 첫 표지판은 '어린이 보호구역'. 어른이 아이 손을 잡고 걷는 그림. 왜일까? 애들은 혼자서도 잘만 걷는데.

28. 좌우를 살핀다.

29. '일방통행' 표지판. 늘 그 자리에 있지만 나는 오늘도 좌우를 살핀다.

30. 차량 제한 속도는 시속 24킬로미터. 표지판에 그렇게 쓰여

있다.

31. '일시정지' 표지판은 네 개다. 블록마다 하나씩.

32. 한 블록에 다섯 채의 집이 있다. 어느 집에 누가 사는지 전혀 모른다. 변수 없음.

33. 혹시 내가 매일 이 노트를 들고 지나가는 걸 보는 사람이 있을까? 나를 보고 '변수 없음'이라고 생각할까?

34. 혹시 다른 집도 우리 집처럼 비어있을까? 어른들은 돈을 벌려고 일터에 간다. 그레이엄 그랜커 집에서 살려면 돈이 많이 필요할 것이다. 집뿐 아니라 푸른 정원도 유지해야 하니까. 물론 정원관리사를 고용해서.

    ─변수: 여덟 번째 집 장미 덤불에서 장미 몇 송이가 사라졌다. 누가 몰래 뽑은 것 같다.

35. 균열도 셈. 나는 위아래 양옆을 동시에 살피는 법을 터득했다.

36. 여덟 번째 집에 다다를 때까지 총 여섯 개의 균열을 넘는다. 보도블록의 큰 균열들. 너무 커서 제대로 안 보면 발이 걸려 넘어질 수도 있다.

37. 매일 보는 그 자리에서 베니 언니 봄. 몇 달 전 처음 봤을 때처럼. 베니 언니는 매일 똑같은 걸 하고 있다. 몇 달 전

처음 봤을 때처럼. 노래 부르기.


베니 오스틴은 옛날 노래들을 최신 유행곡처럼 불렀다. 옛날 춤을 최신 유행 춤처럼 췄다. 옛날 옷을 최신 유행 옷처럼 입었다. 파티마가 베니를 처음 만난 날은 걸어서 하교하기로 한 첫날이었다. 파티마의 부모는 파티마가 뭘 어떻게 해야 하고 어느 길로 와야 하는지 엄중히 지시했다. 사실 직진만 하면 되므로 간단한 지시였다. 포털대로를 따라, 멈추지 말고, 말하지 말고, 눈을 들고, 좌우를 살펴라. 그 **눈을 들고** 때문에 그날 파티마는 여섯 개의 큰 균열 중 하나, 번개 모양으로 갈라진 틈새에 걸려 넘어졌다. 한쪽 모서리가 딱 거슬릴 정도로 들려있었다. 파티마는 그 부분에 발가락을 찧고 휘청거렸다. 마치 머리가 발에게 땅에 꼭 붙어 있으라고 하는데 발이 오기를 부려 도움닫기 하려는 것처럼.

발이 이겼다.

파티마는 날아올랐다.

1초 동안.

그리고…… 털퍼덕.

파티마는 보도블록에 엎어졌고, 무릎은 빨갛게 벗겨져서 욱신거렸다. 끓는 물에 덴 듯한 통증이 썰물처럼 물러가길 가만히 기다려야 하는 그런 순간이었다. 파티마는 6초쯤 누워있었다. 5초만 덜 누워있을 걸 그랬다. 하필 스쿨버스가 일시정지 구간에 멈춰섰기 때문이다.

파티마는 버스 창문이 끽, 끽, 끽 내려가는 소리를 들으며 시속 24킬로미터가 생각보다 훨씬 느리다는 걸 체감했다. 시속 8킬로미터, 아니, 0킬로미터인 것 같았다.

"와우우우우우!"

한 남자애가 소리를 지르자 다른 애들도 잇따라 유치한 조롱을 쏟아냈다. **허당! 퐈당! 우당탕!**

"잘 좀 보고 다녀!"

한 아이가 소리쳤다. 혀가 짧아서 **잘 좀**이 **자 좀**처럼 들렸다. 입에서 튀는 침방울이 어찌나 굵은지 파티마에게도 보일 정도였다. 하지만 정작 파티마의 눈길을 끈 건 그 뒷자리에 있는 애였다. 열린 창문 너머 앉아있는 남자애. 그 애는 노트를 얼굴 가까이 들고 파티마를 훔쳐보고 있었다. 겨우 눈만 보였지만 파티마는 그 남자애가 웃고 있지 않다는 걸 알았다. 전혀.

버스가 지나가자 파티마는 일어섰다. 무릎은 윙윙 쑤시고, 한 걸음 뗄 때마다 앓는 소리가 났다.

그때 어디선가 길게 끄는 듯한 목소리가 들렸다. 구성진 여자 목소리가. 노랫소리였다. 뭐, 노래는 노래인데 썩 듣기 좋지는 않았다. 그렇다고 썩 나쁘지도 않았다. 열정적이었고 확실히 버스 소리보단 나았다.

"준비해!"

목소리의 주인이 노래하듯이 소리쳤다. 여자는 박자도 무시한 채 아주 커다란 드럼 세트를 두드리듯 주먹 쥔 손을 흔들며 거리를 뛰어다녔다. 몸집은 그리 크지 않았다. 그렇다고 작지도 않았다. 그 사이 어딘가였다. 입고 있는 녹색 재킷에 (빠듯하게) 맞을 정도. 한쪽 가슴의 학교 자수 패치가 꼬질꼬질했다. 흰 셔츠는 땀에 절었고 연분홍색 바지는 구김이 하도 날카로워서 한 걸음 내디딜 때마다 공기도 벨 수 있을 것 같았다.

"난 빡쳤어! 그건 진실이지. 제대로 된 복수를 할 시간이야."

그리고 더 높은 음으로 반복했다.

"제대로 된 복수!"

이어서…… 빙글빙글 돌기.

파티마는 이 여자가 누구인지, 왜 그러는지 몰라서 그저 가방끈을 움켜쥐고 절뚝거리며 걸었다. 여자가 파티마 옆에 바짝 따라붙어 나란히 절뚝대며 다시 소리를 질렀다.

"준비해!"

여자는 파티마가 움찔하는 걸 눈치챘다.

그리고 멈췄다.

노래도.

춤도.

걸음도.

그냥 뚝 멈췄다. 인도 한복판에서. 여자의 표정이
사르르 누그러졌다.


그날 저녁, 일을 마치고 오자마자 파티마에게 첫
하굣길이 어땠냐고 물어보려던 파티마의 엄마는 딸이
다리를 절뚝이는 것부터 눈치챘다. 파티마는 이미 양
쪽 무릎의 상처를 알코올로 닦아내고(아야!) 반창고
를 붙인 상태였다.

"걷는 게 왜 그러니, 파티마?"

파티마의 엄마는 포옹을 풀자마자 물었다.

"오는 길에 발을 헛디뎌서 넘어졌어요."

파티마는 우물쭈물 대답했다.

"그리고…… 스쿨버스 타고 가던 애들이 비웃었어요."

하지만 분홍색 바지를 입은 여자 얘기는 하지 않았
다. 엄마에게 말하면 엄마는 아빠에게 말할 테고, 그
렇게 되면 혼자 걷는 날도, 베이비시터 없는 생활도
끝일 테니까. 남이 해준 치즈 토스트를 먹고 TV 채

널도 마음대로 선택할 수 없는 삶은 이제 지겨웠다. 비록 첫날은 좀 힘겨웠지만, 하교 후에 혼자 치킨너 겟을 전자레인지에 돌려먹고 아빠처럼 항공기 승무원 흉내를 내는 삶을 포기하고 싶지 않았다.

**구명조끼는 각 좌석 아래에 있으며, 착용하시려면 머리부터 쓰고 허리끈을 조여 앞에 있는 버클에 끼 우십시오. 기내에서는 부풀리지 마시고, 우선 승무원 의 안내에 따라 각 비상구에 마련된 대피용 슬라이 드를 통해 구명뗏목에 탑승하시기 바랍니다. 추가 비 상구는 안내 책자를 참고하십시오.**

**위급 상황 시 산소마스크가 떨어지면, 마스크로 입 과 코를 동시에 막고 정상 호흡하십시오. 아이와 함 께 있는 경우, 보호자가 먼저 마스크를 착용하고 아 이를 도와줍니다.**

파티마는 어릴 때부터 이런 안내 문구를 외웠다. 자기 아빠가 여러 해에 걸쳐 여러 버전으로 말하는 걸 수없이 들었기 때문이다. **위급 상황 시 목욕물이 앞에 있으니 수건을 적셔 코와 입을 문지르십시오.**

또는, **팬티를 입은 채로 응가를 하지 마시기 바랍니다. 각 문에는 배설용 구멍뗏목이 마련돼 있습니다. 즉, 변기를 사용하라는 말입니다.** 파티마의 아빠는 손가락 두 개로 화장실을 가리키곤 했다.

"방심하지 말라고 했잖아, 파티마. 늘 좌우를 살피라고. 그 말은 발밑도 포함이야."

파티마의 엄마가 말했다.

다음 날, 파티마는 내내 고개를 숙이고 걸었다. 땅만 집중해서 보다 보니 머리 위로 소나기구름이 모이는 걸 알아차리지 못했다. 빗방울은 전날 파티마의 발이 걸린 보도블록의 균열부를 정확히 때렸다. 그리고 이내 양동이처럼 퍼부었다. 파티마는 몇 초 만에 흠뻑 젖었다. 이윽고 전날과 같은 버스가 슬슬 지나가자, 전날과 같은 아이들이 창문에 얼굴을 바짝 붙이고 손가락질하며 비웃었다. 어련하겠는가. 혀짧은 애는 창문에 튀긴 침을 소매로 닦았다. 그 뒤에 앉은 애는 또 눈 밑까지 노트를 끌어 올린 채였다. 역시 조롱의 기색은 없었다.

그리고 노래하는 여자가 그 자리에 있었다. 날이 더없이 화창하다는 듯 거리를 폴짝폴짝 뛰어다녔다. 노랫소리가 빗소리에 묻힐 정도인데도. 이번에는 턱시도와 중절모 차림으로 접힌 장우산을 들고 있었다.

"너 기타 치니?"

여자가 파티마를 향해 우산을 내밀며 물었다.

"네?"

파티마는 당황했다. 주변 어디에도 기타는 없었다.

"너, 기이타아, 치니?"

여자는 우산으로 기타 치는 시늉을 하며 물었다. 파티마가 뭐라고 대답하기도 전에 여자가 말을 이었다.

"역시 치는구나. 그럴 줄 알았어. 하! 베니는 모르는 게 없다니까!"

그 여자, 베니는 다시 우산을 내밀었다. 파티마는 얼결에 우산을 받아 펼쳤다.

"우! 좋은 생각이야!"

베니는 고개를 까딱이며 손가락을 허공에 대고 두드렸다.

"네 솔로야! 시작해! 마음껏 펼쳐봐!"

베니는 걸음을 멈추고 두 팔을 흔들며 어떤 악기도 들지 않은 파티마를 응원했다. 그저 우산을 펼쳐 들고 빠르게 걸음을 옮기는 파티마를.

"자잘한 건 변해도 굵직한 것들은 변하지 않아."

그날 저녁, 식탁에서 파티마의 엄마가 말했다. 그는 환경행태 연구자였다. 그래서 하는 말이 늘 그런 식이었다.

"구름을 보면 비를 예상하고, 돌부리를 보면 발을 들어 올려. 집은 매일 똑같은 집이라고 보면 돼. 집은 움직이지 않으니까."

"규칙적인 일상은 위험성을 줄인단다."

파티마의 아빠는 비행 일정 때문에 서둘러 도시락을 싸며 덧붙였다.

규칙적인 일상은 위험성을 줄인다. 그렇다. 파티마는 위험성에 질려버렸다. 돌부리에 걸려 넘어지는 것도, 소나기에 흠뻑 젖는 것도. 무사히 집에 도착하려면 하굣길은 예측 가능해야 했다. 그날 밤, 파티마는 버스 안에서 노트를 들고 있던 애를 떠올렸다. 혀 짤배기 뒤에 앉아있던 남자애. 그 아수라장 속에서도 노트 한 권으로 왠지 든든해 보였다. 덜…… 위험에 노출돼 보였다. 그래서 파티마도 노트를 이용하기로 했다. 일상의 변수들을 낱낱이 기록하여 그 변수들이 가져올 문제에 대비할 수 있도록. 게다가 파티마의 엄마는 늘 주변을 관찰하는 사람이었고 틈만 나면 파티마에게 관찰 일기를 쓰라고 권했다.

"식물이 자연채광과 인공조명에서 각각 어떻게 자라는지 알기 위해서는, 모든 상수와 변수들을 하나하나 따지고 기록해야 해. 이를테면 각 잎사귀가 매일 몇 밀리미터씩 자라는지."

파티마의 엄마가 1년 전쯤에 한 말이다.

그래서 다음 날, 마지막 종이 울리자마자 파티마의 자료 수집이 시작됐다. 한결같은 것들의 목록이 계속됐다. 종소리, 복도, 사물함, 자물쇠, 정문, 건널목, 보행안전 유도원, 집들, 표지판들.

그리고 노래하는 여자 베니는 늘 변한다는 점에서
한결같았다. 날마다.


37. (이어짐) 오늘 베니 언니는 가발을 썼다. 검정 직모 단발.
하늘색 드레스를 입고 전투화를 신었다.
　　─변수: 오늘은 이런 노래를 부른다. "거칠게 내달리는 도망
친 아이야, 집에 돌아가아아아려, 네가 있어야 할 곳."
　　─변수: 춤도 곁들여서. 삽으로 땅을 파는 듯한 동작.

38. 나는 베니 언니를 부른다.

39. 언니가 응답한다. "파티마 더 드리머."라고. '드리머'를
'드라──머'라고 길게 끔.

40. 내가 잘 있었냐고 묻자 베니 언니는 그렇다고 한다.
　　─변수: 아까 하늘에서 스쿨버스가 떨어지는 걸 봤다고
덧붙임.

41. 베니 언니는 원래 그런 말을 자주 한다.

42. 베니 언니가 오늘 별일 없었냐고 묻는다.

43. 나는 트리스타 스미스와 브리튼 번즈가 평소보다 빨리 교
실에서 뛰쳐나갔다고 말한다. 브룸 선생님이 내준 숙제

얘기도 한다. 사물의 관점으로 수필 쓰기. 그리고 여덟 번째 집을 가리키며 장미 몇 송이가 사라졌다고 말한다. 혹시 베니 언니가 등 뒤나 가방 속에 숨겼나 해서. 베니 언니라면 충분히 그럴 수 있다. 아마도 마이크 삼으려고.

44. 베니 언니는 고개를 끄덕인다.

— 변수: 곧이어 중얼거림. "하지만 어떻게 세상을 바꿀 건데? 어떻게 세상을 바꿀 건데?"

45. 베니 언니는 내 옆에서 걷는다.

— 변수: 이제 아예 소리를 지른다. "어떻게 세상을 바꿀 건데? 어떻게 세상을 바꿀 건데? 어떻게 세상을 바꿀 건데?!"

46. 나는 베니 언니를 무시하고 집 수를 센다.

— 변수: 베니 언니는 멈추지 않는다. 그건 노래도 아니다.

47. 나는 인도의 균열 수를 센다.

— 변수: 베니 언니는 계속 소리를 지른다. 스쿨버스가 천천히 지나간다. "저기 좀 봐." 하지만 나는 보지 않는다. 남들이 언니를 비웃는 걸 보고 싶지 않다. 나를 비웃는 것도.

48. 나는 표지판을 센다.

—변수: 제대로 세기 어렵다. 물론 표지판은 늘 그 자리에 있지만.

49. 열다섯 번째 집 앞에서 걸음을 멈춘다. 우리 집에서 한 블록 떨어진 집. 보통 베니 언니와 헤어지는 지점이다.

—변수: 갑자기 베니 언니가 내 앞에 마주 서더니, 표지판에 등을 기대고 묻는다.

"파티마, 나 농담하는 거 아니냐. 어떻게 세상을 바꿀 거냐?"

50. 나는 좌우를 살핀다.

—변수: 문득 브룸 선생님이 내준 숙제가 떠오른다. 나는 어떤 사물이 되지? 세상을 바꾸기 위해 뭐가 될 수 있지? 베니 언니에게 말해볼까? 인도의 균열을 메울 시멘트? 그 틈에 숨으려는 건 아니다. 그저 누군가가 걸려 넘어지지 않도록. 아니면 누군가의 비를 막아줄 우산? 소나기에도 머리카락 한 올 젖지 않도록. 하지만 둘 다 입 밖에 내지 않는다. 둘 다 세상을 바꾸지는 못할 테니까. 그래서 나는 모른다고 한다. 나는 모른다. 세상을 어떻게 바꾸어야 할지.

그 대신 나는 베니 언니에게 묻는다. 악기 하나 빌려줄 수 있냐고.

# 버만가

# 콜 오브 듀티

브라이슨 윌스는 오늘 학교에 가지 않았다. 브라이슨의 엄마가 집에서 쉬게 했다. 브라이슨의 온 얼굴 (멍든 눈, 터진 입술, 부은 턱, 긁힌 상처들)이 욱신거려서만은 아니었다. 상황을 진정시키는 게 좋다고 판단했기 때문이다. 브라이슨이 일어난 일에서 한 발짝 떨어져 있도록. 상황도 한숨 돌리도록. 그는 출근하기 전에 아들에게 많은 말을 했다. 사랑한다. 자랑스럽다. 무엇보다, 종일 게임기만 붙들고 있지 마라.

브라이슨의 아빠도 자기 아내를 따라 방에 들어와 게임 얘기만 빼고 같은 말을 했다.

"사랑한다."

그는 여느 아침처럼 브라이슨의 볼에 입술을 연거
푸 찍어 눌렀다. 아들의 신음을 멋대로 **저도요**라고
해석했다. 브라이슨이 멍든 몸을 뒤집자 푹신했던 매
트리스가 바늘방석으로 돌변했다.

몇 시간 뒤, 브라이슨은 침대에서 일어나 하품을
하고 기지개를 켰다. 그것만으로도 온몸이 분리될 것
같았다. 복도를 따라 느릿느릿 부엌으로 가서 오트밀
한 그릇을 전자레인지에 돌리고 사과 주스를 한 잔
따랐다. 그러고서 TV 앞에 앉았다. 비록 엄마가 신
신당부했지만 오늘 브라이슨은 게임을 할 예정이었
다. 온조오오옹일. 학교를 떠올리고 싶지 않았다. 방
과 후를, 하굣길을, 전부 다. 하지만 쉽지 않았다. 갓
끓인 커피 향이 온 집 안에 퍼지듯 어제 일이 머릿속
을 스멀스멀 채웠다.

브라이슨은 덩어리진 오트밀을 천천히 씹어 삼키며
어제 일을 되짚었다. 온몸을 불덩이로 만든 그 순간
을. 날아오던 주먹과 발길질을. 주변의 휴대폰들을.
어젯밤 소셜 미디어에 나도는 영상들을 브라이슨도

봤다. 댓글, 필터, 짤, 해시태그들. #버만가KO패. 브라이슨이 쓰러지지 않으려고 애쓰며 반격하는 모습이 마구 흔들리는 영상에 담겨있었다. 그야 한 번 쓰러지면 끝이니까. 누구나 아는 규칙이었다. 일어나서 반격해도 소용없었다.

브라이슨은 로그인과 로그아웃을 반복하다가 끝내 휴대폰의 모든 소셜 미디어 앱을 삭제했다. 며칠간만이라도. 엄마가 시키지 않았다면 그렇게 못 했을 것이다. 못 벗어났을 것이다. 그 모든 조롱과 **좋아요**로부터, 학교에서는 말 한마디 안 하면서 온라인에서는 명언 제조기가 따로 없는 아이들의 익살스러운 댓글들로부터, 적절한 필터를 씌워 세상 지루한 영상을 오스카급 블록버스터로 탈바꿈한 짤들로부터. 이제 브라이슨은 홀로 거실에 앉아 질퍽한 오트밀을 씹으며 모든 걸 잊으려 애쓸 뿐이었다.

전쟁에 뛰어듦으로써.

TV 화면이 빛났다.

〈콜 오브 듀티〉.

엑스박스 켜고,

헤드셋 끼고,

컨트롤러 쥐고.

브라이슨 윌스, 제2차 세계대전 입장.


타이 카슨은 오늘 학교에 갔다. 그리고 학교에 있
는 내내 사람들에게 감시당하는 것 같았다. 비록 새
소문이 어제의 낡은 소문을 덮어버렸지만. 그야 소문
은 대개 하루가 멀다고 바뀌니까. 하지만 타이는 여
전히 동급생들이 자신을 따라다니는 느낌이 들었다.
모퉁이 뒤에서 힐끔대며 스토킹하는 수준은 아니었지
만, 시선을 돌릴 때마다 눈이 마주치거나 지나갈 때
마다 대화가 끊겼다. 마치 자신이 음소거 버튼이 된
것 같았다. 피해망상이 점점 자라나 벽시계가 거대한
눈처럼 보이고 종이 울릴 때마다 건물이 비웃는 것
같았다. 타이는 차라리 점처럼 작아지고 싶었다. 남
의 눈에 띄지 않게. 운동화 고무 밑창이 바닥에 쓸
려 생긴 검은 자국처럼, 학교 관리인 뭉크 씨가 싸리

비로 한구석에 쓸어 모은 먼지 구덩이 속 1센트짜리 동전들처럼. 하지만 둘 다 불가능하니 타이는 정신적으로나마 쪼그라들었다. 최대한 제 안으로 파고들려고 했다. 거북이처럼 머리를 잔뜩 웅크리고 껍데기 속에서 상황을 파악하려고 했다. 내가 왜 이런 기분이 들까? 어제 왜 그랬을까? 별것 아니었는데 아주 별것처럼 느껴졌다. 혹시 내가 잘못한 걸까? 아닌데. 어쩌면 잘못했을지도 모른다. 모른다는 게 가장 어려운 점이었다. 적어도 어려운 점 중의 하나였다. 어제에 대해. 아니, 어제뿐만이 아니라 어제……도. 어제 모든 게 괜찮았을 때도. 어제 타이가 그저…… 타이였을 때도.

타이는 모두와 두루두루 잘 지내는 편이었다. 모두가 타이를 인간 비디오 게임처럼 봤다. 쾌활하고 개성 넘치는 성격, 과장스럽고 호들갑스러운 몸짓. 타이는 자기만의 세계에 살았지만 그 세계는 남들이 들여다볼 수 있는 창문이 가득했다. 띠옹, 삐빅, 부웅, 쾅 소리가 난무하는 세계. 타이가 사물함을 기어오르는 시늉을 하거나 복도에서 전투기가 곡예 부리듯 두 팔을 펼치고 지나가는 모습은 그리 낯설지 않았다. 책가방은 늘 앞으로 메어 방패 삼았고, 가끔 우산은 검이나 총이 됐다. 게다가 타이는 실제로 전국 순위권에 드는 일류 게이머였다. 모르는 사람이 없었다. 이미 여러 대회와 경기에서 우승했고, 워클리 씨와 재럿 씨를 설득해 학교에 게임 동아리를 만들려고 하기도 했다.

"학업을 방해하는 요소는 이미 차고 넘친다, 타이."

워클리 씨는 한 자 한 자 힘주어 말했다.

"띠, 띠, 띠, 띠로리."

타이는 고개를 저었고 워클리 씨도 고개를 저었다. 협상 결렬.

타이의 게임 실력은 유명하기에 모두가 항상 타이를 자기편에 끌어들이려 했지만 타이는 오직 최강의 플레이어와 팀을 이뤘다. 아니, 본인이 최강이니까 두 번째로 강한 플레이어와. 학교에서 두 번째로 강한 플레이어는 브라이슨 윌스였다. 천연 곱슬머리를 다른 아이들처럼 여러 갈래로 바투 땋은 콘로 스타일이 아니라 제 아빠처럼 아프로 스타일로 부스스하게 풀어헤친 아이. 그리고 그것이 너무나 잘 어울렸다. 어울리다 못해 게임 아이디가 AfroGamer(아프로게이머)였다. 타이의 아이디는 TYred였는데 본인은 '타이어드'로 발음했다. 이기기만 해서 피곤하다는 뜻이었다. 하지만 남들은 대부분 '타이 레드'로 읽었다. 타이가 지나가는 자리마다 빨간색이 홍건했기 때문이다. 직감과 손놀림의 합작.

브라이슨과 타이는 주말에도 함께 게임을 할 만큼 가까이 살았다. 때때로 브라이슨은 타이의 집에 갔다. 크로스만가에 있는 작은 집. 브라이슨은 그 집에 가는 길목에 끝내주는 사탕을 파는 씨씨 씨가 있어서 좋았다. 타이가 브라이슨의 집에 갈 때도 있었다. 타이는 브라이슨의 집에서 노는 걸 더 좋아했다. 간식이 더 맛있고 TV가 더 컸다. 맥스 페인이라는 작은 개가 짖고 할퀴며 날뛰지도 않았고.

주 종목은 〈콜 오브 듀티: 월드 워 2〉였다. 타이

의 부모는 크게 못마땅해했다.

"〈팩맨〉이야말로 진짜 게임이지. 유령들을 피해 쿠키를 먹어 치우기만 하면 되잖아. 그런 게 바로 삶이라고!" 타이의 아빠가 농담으로 말했다.

"아니면 〈슈퍼 마리오〉라든지." 타이의 엄마가 덧붙였다. "끝판왕이랑 싸우는 것만 빼면 그냥 환경에 잡아 먹히지 않으려고 애쓰면 되잖아. 버섯, 식물……."

"거북이!" 타이의 아빠가 끼어들었다.

"네가 하는 게임은 게임 같지도 않아."

타이는 부모님에게 〈콜 오브 듀티〉가 교육적이라고 주장했다. 사회 토론 수업이랑 비슷하다고. 전쟁을 배울 수 있는 가장 좋은 방법은 바로 전쟁터에 뛰어드는 거라고.

"네 말대로 직접 싸워보지 않고선 아무것도 모를 거다. 직접 말이야, 타이. 우리 지금 나치에 대해 얘기하고 있는 건 알고 있지? 비디오 게임으로는 겉핥기도 못 해."

타이도 자신이 시뮬레이션하는 전쟁에 대해 잘 알

지 못한다는 건 인정했다. 컨트롤러는 라이플이 아니고 후줄근한 티셔츠는 방탄조끼가 아니며 헤드셋은 헬멧이 아니고 귀에 들리는 소리는, 그저 귀에 들리는 소리일 뿐이니까. 하지만 지금 자신이 어떤 종류의 전쟁을 치르고 있다는 것은 알았다. 알긴 하되 이해할 수 없는 종류의 전쟁. 머릿속을 울리는 소리는 단순한 소리가 아니었다. 심장을 쿵쿵 뛰게 하고 위를 팽팽하게 조였다. 전쟁 같은 불안. 그 아드레날린과 공황의 느낌을 알았다.

왜냐면 어제. 어제. 어제.

타이는 입맞춤을 당했다. 슬림이라는 남자애한테.

첫 교시였던 체육 시간이 끝나고 식수대에서.

볼에.

다만 입술과 아주 가까운 지점에.

두 사람은 먼저 물을 마시려고 서로를 견제하고 있었다.

'우린 먼저 물을 마시려고 견제하고 있었어, 맞지?'

기분이 이상했다.

놀랐지만 화가 나진 않았다. 그게 더 놀라웠다.

너무 이상했다.

'아니, 그렇게 이상하진 않았어. 이상하긴 했지만, 완전 이상하진 않았다고.'

그 광경을 본 사람이 있었다. 한 명.

그리고 그 단 한 명의 목격자가 모두에게 떠벌렸다. 모두에게.

그리고 점심시간 전까지 슬림(본명은 세일럼이다)은 이야기를 왜곡해서 타이가 자신에게 키스했다고 퍼뜨렸다. 따라서 타이가 식당에 들어섰을 때는 지뢰밭에 발을 들인 거나 다름없었다. 교전 지역에. 다들 대포를 장전하고 타이를 향해 포격을 퍼부었다.


브라이슨도 들었다. 그 소문은 입에서 귀로, 뱀처럼 스스슥 돌아다니다가 레미 본을 통해 브라이슨에게 전해졌다. 허세만 없다면 레미는 학교에서 가장 인기 많은 애일 텐데, 현실은 정반대였다.

"그래서?"

브라이언이 사물함을 쾅 닫으며 대꾸했다.

"타이가 게이라는 거지."

"내가 알기론 사실이 아니야. 게다가, 사실이면 뭐 어때서?"

브라이슨은 어깨에 책가방을 둘러메고 레미의 얼굴을 쳐다봤다. 타이와 슬림 얘기에 왜 본인이 난리인지 궁금했다. 그래서 그냥 물어봤다.

"네가 뭘 상관인데?"

"상관없지."

"근데 하네. 그보다 적절한 질문은 따로 있어. 넌 여태껏 키스를 몇 번이나 해봤는데?"

"몰라, 안 세봐서."

레미가 시선을 돌리며 말했다. 브라이슨은 레미가 한 번도 키스를 해보지 않았다는 걸 알았다. 그건 본인도 마찬가지라 더 따지지 않았지만, 일부러 숨길 생각은 없었다. 그까짓 게 뭐라고? 게다가, 진실을 뻔히 아는 사람한테 뭐하러 거짓말을 해? 레미의 절친이자 브라이슨의 사촌이기도 한 캔디스는 항상 레

미가 연애 한 번 해본 적 없으면서 경험 많은 척한다
고 흉보곤 했다.

"아, 그래. 0도 숫자긴 하니까. 앞으론 네 일에나
신경 쓰지 그래."

브라이슨이 피식 웃으며 레미의 어깨를 툭툭 두드
리고 떠났다.

식당에서 아이들은 평소처럼 끼리끼리 실없는 말을
주고받는 대신 타이가 앉은 테이블에 모여들어 눈앞
에서 놀려댔다. 슬림도 포함해서.

브라이슨이 뒤늦게 도착했을 때는 이미 안 나온 호
칭이 없었다. 끈적하게 들러붙고, 물어뜯고, 새겨지
는 별명들. 화르르 타올라 탄내를 풍기는 별명들. 남
자애들은 방금 농구 슛을 한 듯이 손목을 꺾고 간드
러진 목소리로 타이를 조롱했다.

"뭔 일이야?"

브라이슨이 테이블에 다가와 타이 뒤에 섰다. 브라
이슨의 아프로 머리가 개기일식처럼 보였다.

"좀만 옆으로 가봐, 타이. 나 앉게."

타이가 왼쪽으로 조금 옮기자 브라이슨이 치즈 스틱이 담긴 식판을 테이블에 놓고 앉았다.

"다들 뭔 얘기 중이었어?"

"아, 별거 아냐. 오늘 오전에 타이가 나한테 키스했거든. 왜냐면…… 게이니까!"

슬림은 그 말을 회심의 일격처럼 했다. 타이에게 치명타를 가하듯이. 타이는 아무렇지 않은 얼굴로 고개를 흔들었지만 브라이슨은 그렇지 않다는 걸 알았다. 전혀.

"흠, 희한하네."

브라이슨은 식판에 놓인 치즈 스틱들을 내려다보며 뜸을 들였다.

"왜냐면 난 네가 타이한테 키스했다고 들었거든."

브라이슨은 눈만 들어 슬림을 쳐다봤다.

"왜냐면 그게 진실이니까."

타이가 차분하게 맞장구쳤다. 브라이슨이 있어서 든든했다. 게임에서처럼. **지원 요청! 엄호 바란다!**

"아니거든! 난 남자한테 키스 안 해!"

슬림이 두리번거리며 일부러 소리 높여 부정했다.

"워, 워, 진정해."

브라이슨이 두 손을 펴들고 말을 이었다.

"했으면 한 거지, 뭘 또. 어쨌거나, 다음번엔 몰래 하지 말고 허락받고 해. 좀 어색할 순 있지만 적어도…… 오해 살 일은 없잖아."

테이블에 있던 애들은 웃어야 할지 감탄해야 할지 고개를 끄덕여야 할지 갈피를 잡지 못했다. 브라이언의 말이 농담인지 진담인지 구별이 되지 않았기 때문이다.

"너야말로 남자 좋아하는 것 같은데?"

트레이 라스가 끼어들었다. 학교에서 가장 작은 애한테 맞고 기절한 일을 모르는 사람이 없는데도 늘 센 척하는 애였다. 브라이슨은 웃음을 터뜨렸다. "나? 내가 보기엔 슬림인 것 같은데. 사실, 너희들 다 그래 보여."

브라이슨은 조롱꾼들을 손가락으로 훑듯이 가리켰다.

"우리 아빠가 늘 그랬지. **내가 준 상처가 바로 나 자신이다**."

브라이슨이 쓱 둘러보니 그 말뜻을 이해한 애는 한 명도 없었다. 타이의 표정도 다를 바 없었다. 주옥같 은 말이 진흙에 묻혀버렸다.

"아무튼, 난 남자 안 좋아해. 그런 쪽으로는. 하지 만 타이를 좋아하긴 하지."

브라이슨은 타이의 등을 두드리며 말했다.

"실은 여기 있는 누구보다 더. 게다가 난 그까짓 게 뭐 대수인지 모르겠다. 볼에 **뽀뽀**한 거? 그걸로 타이를 여태 들들 볶고 있는 거야? 볼 **뽀뽀**? 진심?"

브라이슨은 슬림을 지그시 보다가 다른 애들을 둘 러봤다.

"그게 다야?"

그러고는,

고개를 기울여 타이의 볼에 **뽀뽀**했다. 쪽 소리 나 게. 그러고서 다시 슬림을 쳐다봤다.

"봐. 지금 세상이 망했냐?"

브라이슨은 은근한 목소리로 말하고서 어깨를 으쓱하고 치즈 스틱을 먹었다. 테이블이 조용해졌다. 적어도 브라이슨과 타이에게는. 두 사람은 다른 애들이 실제로 조롱과 험담을 멈췄는지 몰랐다. 신경을 껐으니까.

하지만 오래가지 못했다. 특히 브라이슨은. 오후 남은 시간 동안 상황이 달라졌기 때문이다. 소문은 변모했다. 타이가 슬림에게 키스했다는 것에서 브라이슨이 타이에게 키스한 것으로. 소문은 독 없는 줄무늬 뱀에서 독이 바짝 오른 비단뱀으로 바뀌었다. 브라이슨은 애써 무시했다. 이 상황은 게임 속 스테이지와 비슷하다고, 마지막 종소리와 함께 끝날 판이라고.

그러나 종이 울리고 교문을 나서자마자 브라이슨은 슬림과 몇몇 남자애들이 포털대로를 따라오는 걸 눈치챘다. 이쪽에 사는 애들도 아니고 이 길에서 한 번도 본 적 없으니 자신을 뒤쫓는 게 분명했다. 간간이 웃음과 고함 소리가 들렸다. 정확히 뭐라는지는 모르겠으나 그 소리들은 스테이플러 심처럼 브라이슨의 등에 쿡쿡 박혔다.

버먼가로 접어들자마자 등 뒤의 발소리가 빨라졌다. 마치 가랑비가 폭우로 바뀔 때처럼 아스팔트를 때렸다. 브라이슨은 도망치지 않고 두 손을 들고 뒤를 돌았다. 그다음에는, 최선을 다했다.

그것이 어제였고, 오늘, 학교에서, 타이는 수군거림을 들었다. 비단뱀은 어느새 구렁이로 바뀌어 타이를 옭아맸다. 온몸을 휘감고 조이고 또 조였다. 폐와 심장을 짜부라뜨렸다. 타이가 이미 알고 있는 사실을 재확인하는 소문이었다. 타이도 어젯밤 온라인에서 봤다. 슬림과 앤드류 외 두 명이 브라이슨에게 달려들었다. 브라이슨은 쓰러지지 않으려고 안간힘을 썼지만 네 명을 상대로는 역부족이었다. 이름을 제외한 온갖 호칭이 퍼부어졌다. 그래서, 다반조 씨가 이끄는 마지막 수업이 끝나자마자, 타이는 달렸다.

교실 문을 박차고 복도를 내달려 이중문을 통과한 뒤 보행안전 유도원 포스트 씨를 지나쳐 포털대로를 전속력으로 달렸다. 숨이 턱 끝까지 차오를 때까지.

그다음에는 걸었다. 빠르게. 그리고 버만가가 나오기 몇 블록 전 어느 집 앞에 멈췄다. 창문이 큰 베이지색 저택이었다. 아름다운 푸른 잔디, 울타리처럼 늘어선 관목, 유독 눈길을 끄는 탐스러운 장미 덤불. 타이는 주위를 둘러봤다. 앞뒤 양옆. 그러고서 덤불에 손을 쑥 집어넣어 줄기를 한 움큼 잡아 뜯었다. 장미 가시가 손가락과 손바닥에 파고들었다.

아팠다.

하지만 다시 달렸다. 달리고 또 달렸다. 모퉁이를 왼쪽으로 돌아 버만가를 쭉 따라가다 좌측에 있는 브라이슨의 집 앞에 다다랐다. 포털대로에 있는 어떤 집과도 달랐다. 창문도 그리 크지 않고, 관목도, 산울타리도, 차고 진입로도 없었다. 타이는 철망 울타리의 열린 입구를 지나 출입로를 걸어 현관 앞에 섰다.

만약 볼로냐 샌드위치를 만들려고 게임을 잠시 중

단하지 않았더라면 브라이슨은 초인종 소리를 듣지 못했을 것이다. 브라이슨은 온종일 〈콜 오브 듀티〉를 하며 컴퓨터화된 나치에 맞서 싸웠다. 죽지 않으려고 기를 쓰며 미션을 하나하나 클리어했다. 오트밀 아침 식사 직후부터 헤드셋도 벗지 않았다. 온갖 소문들은 어느새 포탄 소리에 묻혔다. 어제부터 손이 욱신거렸지만 컨트롤러 조작을 멈추지 않았다. 차라리 책을 읽으라던 엄마 말은 잊은 지 오래였다.

"컨트롤러보다 책을 붙들고 있는 게 훨씬 낫지 않을까, 아들?"

집을 나서기 전에 브라이슨의 엄마는 소용없단 걸 알면서도 물었다. 그리고 이내 포기한 듯이 덧붙였다.

"적어도 끼니는 챙겨 먹어라."

그 말은 지켰다. 그래서 두 번째 끼니를 챙기려고 할 때, 초인종이 울렸다.

브라이슨은 어기적거리며 문으로 향했다. 온몸이 불량 화소처럼 뒤죽박죽이었다. 아빠가 가르쳐 준 대로 먼저 감시창을 통해 문밖을 확인했다. 보조 걸쇠를 풀고 손잡이를 돌려 현관문을 열었다.

"타이?"

타이는 장미꽃을 한 다발 들고 가쁜 숨을 몰아쉬고 있었다. 장미는 뭉개지고 흐트러져서 몇 송이인지 알 수 없었다. 가만 보니 인간 비디오 게임에 작은 오류가 존재했다. 떨리는 손에서 꽃잎처럼 붉은 액체가 떨어지고 있었다.

"너…… 괜찮아?"

"어."

타이는 쌕쌕거리며 대답했다. 허리가 끊어질 것 같았다. 꼭 하늘에서 스쿨버스가 떨어져 덮친 느낌이었다.

"너야말로…… 괜찮아?"

"그럼, 괜찮지. 괜찮……을 거야."

타이는 고개를 끄덕였다.

"게임하고 있었어?"

어색한 분위기를 환기하려고 타이가 덧붙였다.

"온종일 전쟁터에 있었지."

브라이슨이 양 엄지손가락을 꿈틀거리며 씩 웃었다. 시선이 타이의 얼굴에서 다친 손으로 옮겨갔다.

타이가 다시 고개를 끄덕였다.

"아…… 이건…… 너 주려고."

타이는 장미꽃을 내밀었다.

"뭐 이런 걸 다."

브라이슨이 말했다.

타이는 세 번째로 고개를 끄덕였다. 눈시울이 달아오르고 눈물이 차올랐다. 목구멍에 낀 돌덩이가 굴러가기 시작했다. 이야기해야 할 것들이 있었다. 굳이 말로 할 필요가 없던 것들. 할 말이 많았지만 할 말이 없었다. 브라이슨은 조심스레 꽃을 가져가 자기 엄마가 하던 것처럼 코를 대고 향기를 맡았다. 코가 간지러웠다.

"야, 너 일단 손부터 씻어야겠다."

브라이슨이 문을 활짝 열며 말했다.

타이는 다시 한번 고개를 끄덕였다.

# 체스트넛가

# 시므온과 켄지의 특별한 악수보다 쉬운 다섯 가지 일

## 1. 마지막 종이 울린 뒤 혼잡한 복도를 뚫고 지나가기

시므온 크로스는 또래의 배로 컸다. 위로도, 옆으로도. 자신이 드리운 그늘을 해맑은 얼굴로 밝히며 걸어 다니는 문짝만 한 남자애. 어디서든 눈에 띄고 빈자리는 유난히 허전했다. 그래서 마지막 수업이 끝나자마자 시므온은 책가방을 움켜쥐고 자리에서 일어나 문 옆에서 대기했다. 줄지어 나가던 아이들은 점프하며 시므온에게 하이파이브를 했다. 종이 울리자마자 뛰쳐나간 타이 카슨만 빼고. 아마 다반조 씨 때문이었을 것이다. 수업 도중에 화장실 다녀오는 걸

질색하니까. **나를 둘러싼 세계를 이해하는 데 쉼이란 없다**면서.

모두가 교실을 **빠져나가자** 시므온은 다반조 씨에게 다가갔다. 둘은 손등을 맞부딪쳤다. 손가락 관절들이 작은 당구공처럼 부딪혔다. 둘만의 악수법이었다. 비록 시므온과 켄지 사이의 복잡한 악수법에 비하면 아무것도 아니었지만.

켄지 톰슨은 또래에 비해 작았다. 동급생 중에 가장 작은, **비트**라고 불리는 애와 엇비슷했다. 켄지에게는 그런 별명이 없었다. 만약 누가 노골적인 별명을 붙여준다면 켄지는…… 아무것도 안 할 것이다. 아니, 뭔가 하긴 할 거다. 시므온에게 말할 거다. 그럼 시므온은…… 아무것도 안 할 것이다. 그야 시므온의 덩치와 외모면 굳이 손쓸 필요 없으니까.

키도 이름도 짧은 켄지는 그 작은 몸집과 어딜 가든 아기 머리통만 한 파란 탱탱볼을 가지고 다닌다는 사실 외에는 딱히 눈에 띄는 구석이 없었다. 특별히 터프하거나 시끄럽거나 재밌거나 어둡거나 숫기가 없거나 체취가 심하거나 하지 않았다. 그냥 켄지였다. 말수가 많지도 적지도 않고, 공부를 열심히 하면 좋은 성적을 받고 대충 하면 나쁜 성적을 받았다. 유명 브랜드 옷을 걸치고 다니지는 않았지만 늘 단정했다. 모두와 원만히 지내되 시므온을 빼면 딱히 친구는 없었다. 한편 시므온은 만인의 친구였다. 그야 시므온을 적으로 둘 만큼 멍청한 사람은 없으니까. 켄지는 어딜 가나 중간에서 걸었다. 마지막 종이 울릴 때까지는. 그때부터는…… 좀 달랐다.

켄지는 다른 아이들처럼 판타나 씨의 교실에서 뛰쳐나가지 않았다. 생명과학 과목을 유독 좋아해서가 아니라(그럭저럭 괜찮았지만), 전교생이 범퍼카처럼 치고받는, 눈앞에서 팔꿈치가 날아다니는 복도를 뚫고 사물함까지 갈 엄두가 안 나서였다. 실제로 팔꿈치에 얻어맞은 적도 있다. 한두 번이 아니었다. 어떤 여자애가 제 말을 강조하려고 휘두르는 팔에 맞아 눈두덩이가 부은 적도 있고, 어떤 남자애가 경기 종료 5초 전처럼(스테픈 커리가 볼을 잡았습니다, 슛, 득점!)

투명 농구공을 튀기는 손에 맞아 입술이 터지기도 했다. 켄지에게 방과 후 복도는 지뢰밭이었다. 티셔츠와 청바지 차림으로 활개 치는 지뢰가 수백이었다.

그래서 켄지는 판타나 씨가 수업안을 정리하고, 화이트보드용 마커의 뚜껑을 씌울 때까지 잠자코 기다렸다. 기다리고 또 기다렸다.

"요오오오오오오우!"

시므온이 교실에 쳐들어왔다.

"판타나 몬타나 하바나 바나나!"

시므온이 판타나 씨에게 손을 내밀자 그는 손이 어떤 기능을 하는지 잠시 깜빡한 듯이 떨떠름하게 악수했다.

"왜 이렇게 오래 걸렸어?" 켄지가 자리에서 일어나며 물었다.

"미안." 시므온이 켄지에게 손을 내밀며 말했다.

"잠깐!"

판타나 씨가 불쑥 끼어들었다.

"여기서 그 악수는 참아주렴. 그게 뭐 나쁘다는 게

아니라…… 이제 교실 문 닫을 시간이거든. 너희가 하는 그 악수는 너무 오래 걸려. 못 믿겠지만 교사들도 방과 후의 삶이란 게 있단다."

판타나 씨는 씩 웃으며 가죽가방 안에 종이들을 쑤셔 넣었다.

"헐……. 저는 선생님이 생명과학에 진심인 줄 알았는데요. 저희가 보여드릴 건 생명과학 그 자체라고요."

시므온이 투덜거렸다.

"생명과학에 진심이지. 너희를 아끼는 것도 진심이고. 하지만…… 오늘은 좀 봐주렴."

판타나 씨는 교실 문을 가리켰다.

시므온은 토를 달지 않았다.

"가자, 켄지. 나도 환영받지 않는 곳에 더는 있고 싶지 않으니까."

"시므온, 적당히—."

판타나 씨가 꺼낸 말은 다시 시므온에게 가로막혔다.

"아뇨, 아뇨, 늦었어요. 이미 마음 상했다고요."

시므온은 무릎을 굽히고 쪼그려 앉았다. 켄지를 향해, 업히라고. 그렇게 둘은 번잡한 복도로 나갔다. 아이들이 핀볼처럼 서로서로 부딪히고 사물함에서 튕겨나왔다. 하지만 누구보다 큰 시므온은 그럴 염려가 없었다. 누가 밀치거나 넘어뜨릴 수 있는 덩치가 아니었다.

"준비됐어?"

시므온은 등에 업힌 켄지에게 물었다. 켄지는 시므온의 목에 양팔을 둘렀다. 목을 조르지 않을 만큼만 단단하게.

"가자!"

켄지가 외쳤다.


2. 복도에서 경마 놀이를 한다는 이유로 워클리 씨에게 혼나지 않기


"저희는 경마 놀이를 하는 게 아니에요, 워클리 선

생님."

시므온이 울상을 지으며 말했다. 정문에 선 워클리 씨는 얼굴이 분홍색 건포도 같았다. 야단칠 땐 더 쪼글쪼글했는데, 그럴 때가 대부분이었다. 워클리 씨의 직무 대부분은 **하지 마라**라고 외치는 것이었다.

입방귀 뀌지 마라.

춤추지 마라.

……그렇게 추지 마라.

랩 하지 마라.

노래 부르지 마라.

웃지 마라.

애들처럼 굴지 마라, 애들아.

"시므온, 그럼 네 등에 업힌 켄지가 올가미를 돌리듯이 팔을 휘두르며 **이랴!** 하고 외친 건 뭐지?"

워클리 씨가 시범을 보이자 두 사람은 웃지 않으려고 입술을 꽉 깨물었다.

"그건 그냥 얘가 자주 하는 말이에요!"

"이 말을 천 번쯤 한 것 같다만, 모든 발은 바닥에

단단히 붙어있어야 한다."

워클리 씨는 콧김을 내뿜으며 말했다.

"그럼 피아 포스터는요? 걔 발은 스케이트보드 위
에 있잖아요."

켄지가 말했다. 피아가 복도에서 보드를 타는 건
모두가 아는 사실이니 고자질은 아니었다. 딱 한 번
시므온이 다친 건 피아가 보드로 시므온의 발등을
밟고 지나갔을 때였다.

"피아한테도 이미 입이 닳도록 얘기했다. 그리고
지금은 너희 둘 얘기를 하는 거다."

워클리 씨는 팔짱을 꼈다.

"아무리 경고해도 듣질 않으니, 이제—."

"잠깐, 잠깐만요. 벌점 매기시기 전에 적어도 저희
가 왜 그랬는지 설명해 드릴게요."

워클리 씨는 한숨을 쉬었다. 사실 이미 몇 번이나
여러 버전으로 설명하는 걸 들었지만, 번번이 흥미진
진해서 한 번 더 변명할 기회를 주게 됐다.

"저희가 왜 그랬냐면요, 워클리 브로콜리. 아, 이렇

게 불러도 돼요?" 시므온이 물었다.

"아니."

"알겠어요. 그러니까 왜 그랬냐면요, 켄지 이 친구는 마음이 아주 넓은 친구예요. 근데 그 큰마음을 품기엔 몸이 너무 작은 거죠. 선생님은 어떨지 모르겠지만, 저는 켄지의 몸이 부딪치고 넘어질 때 그 마음이 다칠까 봐 심히 염려되거든요. 그건 희극이 잖아요."

"비극." 켄지가 정정해줬다.

"비극이잖아요. 그리고 저는 제가 좋아하는 친구를 지켜주는 거라고요. 이 북적이는 복도를 아무 걱정 없이 지나갈 수 있도록요. 저는 켄지의 경호원인 셈이죠."

"그럼 쉬는 시간엔 켄지가 너 없이 어떻게 다른 교실로 이동하니?"

시므온은 그 말이 함정인 걸 눈치챘다.

"무슨 말씀 하시려는지 알아요, 워클리 선생님. 그야 저도 모르죠. 같이 있지 않으니까요. 다만 얼마나 무서울지 상상만 해도 마음이 아파요."

시므온은 켄지의 어깨를 감쌌다. 켄지는 강아지 같
은 눈망울을 해 보였다.

"그게 정말이니, 켄지? 복도에서 걸어 다니는 게
무서워?"

"선생님은 상상도 못 하실 거예요. 며칠 전엔 조이
산티아고가 제가 뒤에 있는 줄 모르고 절 사물함에
처박았어요."

"사물함에 들어갈 뻔했다니까요. 이 작은 몸이 완
전히—."

"나도 무슨 말인지 안다, 시므온. 켄지도 입이 있어."

"제 말이요. 입도 있고 팔도 있고 다리도 있고 발
도 있고 손도 있죠. 켄지가 투명인간 취급받는 건 선
생님도 원치 않으시잖아요."

"맞아요. 설마 제가 투명인간 취급받길 바라세요,
워클리 선생님?"

워클리 씨의 얼굴은 여전히 쪼글쪼글했지만 켄지와
시므온을 처음 잡아 세웠을 때보다는 한결 누그러져

있었다.

"한마디 더 보태자면요, 워클리 선생님—."

워클리 씨는 시므온의 말을 끊었다.

"보태지 마라. 이만 집에들 가고 내일은 부디 학칙을 준수하렴."

워클리 씨가 구두를 시끄럽게 또각거리며 멀어지더니, 뒤돌아서 덧붙였다.

"너희가 나중에 크면, 기수와 경주마보다는 나은 삶을 살길 바란다. 경마 때문에 신세 망치는 사람들이 얼마나 많은데."

"저희한테 베팅하면 얘기가 다르죠."

시므온이 받아쳤다. 켄지는 목구멍의 따끔거림을 꾹 삼키며 덧붙였다.

"게다가, 전 변호사가 될 거예요. 변호사는 똑똑하고 아는 게 많잖아요. 이를테면…… 기수는 **이랴!**라고 안 해요. 카우보이들이나 하죠."

## 3. 걸어서 집에 가기

학교 밖은 늘 그대로였다. 안에 있던 것들이 쏟아져 나온 상태. 중앙복도가 책가방, 모자, 땀은 머리의 강이라면, 교문 밖은 바다였다. 엔진처럼 드룽드룽하던 기운들이 마침내 널리 뻗어 나가는 곳.

"카우보이 드립으로 워클리 브로콜리에게 한 방 먹이다니, 끝내줬어. 게다가 난 경주마가 아니야. 친구지. 네 형제."

걸어가면서 시므온이 말했다. 길모퉁이에 서있던 보행안전 유도원 포스트 씨가 두 팔을 벌렸다.

"안녕, 애들아."

"안녕하세요!"

켄지는 포스트 씨에게 다가가 안겼다. 두 사람이 매일 하는 포옹이었다. 하굣길 의식처럼.

"말썽 안 부렸니?"

"암요." 시므온이 대답했다. "심지어 집에서 숙제도 할 거예요. 숙제가 있거든요. 이미 캔턴한테 들으셨는지 모르겠지만."

캔턴은 포스트 씨의 아들로, 학교가 끝나면 일시정지 표지판에 기대앉아 엄마가 일을 마치길 기다렸다. 캔턴은 그저 고개를 절레절레하며 시므온을 무시했다. 이 덩치 큰 친구가 쓸데없이 나불대는 건 하루이틀 일이 아니니까.

"넌 어땠니, 켄지? 사고 안 쳤어?"

"노력했죠."

켄지가 파란 탱탱볼을 들어 올리며 말했다. 마치 포스트 씨가 그걸 들여다보고 오늘의 행동거지를 확인할 수 있다는 듯이.

"아주머니는 어떠셨어요?"

시므온이 물었다. 포스트 씨는 한 손을 들어 다른 아이들에게 걸음을 멈추고 호루라기 소리를 기다리라고 지시했다.

"최선을 다했지."

포스트 씨는 호루라기를 불고 갓돌에서 내려서며 대답했다.

"내일 또 봬요."

켄지가 손을 흔들며 말했다. 켄지와 시므온은 오른
쪽으로 꺾었다. 다른 아이들은 대부분 포털대로를 왼
쪽으로 따라 다른 동네로 가지만, 오른쪽으로 가면
체스트넛가가 나왔다. 시므온과 켄지가 사는 동네. 그
쪽으로 가는 아이들이 거의 없어서 둘은 거침없이 나
아갔다. 사실 그 동네에 사는 아이들은 도보로 통학
하지 않았다. 탁 트인 그 길은 시므온 대왕과 켄지 대
왕이 그들의 왕국으로 향하는 행차길 같았다. 왕이
왕을 등에 업고 가도 되는, 심지어 장려되는 왕국. 왕
들이 매일 즉위했다가 퇴위하는 왕국. 왕관이 하수구
에 떨어지거나 변기에 쓸려 내려가는 왕국. 켄지와 시
므온처럼 아무도 추대하지 않은 왕들이 가득한 왕국.

"어쨌든, 우리는 가족이야."

시므온은 아까 포스트 씨를 만나기 전에 하던 말
을 이어서 했다.

"그렇지. 우린 형제야."

켄지가 파란 탱탱볼을 튀기며 대답했다. 어느새 체

스트넛가가 코앞이었다.

켄지와 시므온에게 체스트넛가는 마치 휴양지 같았다. 전봇대는 야자수, 버스 정류장의 벤치는 해먹, 구멍가게는 오두막 같은 동네.

특유의 냄새가 났다. 피로와 고갈이 섞인 냄새. 음식이나 머리카락을 지지고 볶는 냄새.

특유의 느낌이 났다. 보이지 않는 시럽을 헤치며 나아가는 느낌. 끈덕진 삶의 느낌.

특유의 소리가 났다. 날카롭고 차가운 소리. **끝내 주네**와 **어쩌라고**가 뒤섞인, 세상의 비명과 속삭임이 만들어 내는 교향곡. 아직 어린 켄지와 시므온의 목소리는 플루트처럼 풋풋하고 감미로웠다. 대부분의 사람들은 체스트넛가를 걸을 때마다 몸을 사렸다. 꼬리를 감추고 금목걸이를 숨겼다. 하지만 켄지와 시므온에게는 그저 마음 편한 곳이었다. 마음껏 달려 덩크 슛하듯 표지판을 때릴 수 있는 곳. 파란 우체통 위에 서서 동상 흉내를 내거나 소화전 위에 서서 누가 더 오래 버티나 내기할 수 있는 곳. 아무 가게나

닥치는 대로 들어가 주인장과 얘기할 수 있는 곳. 윌슨 씨의 미용용품점이나(집에 가서 새 가발 들어왔다고 말씀드려라!) 체이스 씨의 철물점이나(부엌 싱크대 물 새는 건 잘 고쳤니?) 늘 바빠 말 섞을 틈도 없는 수 씨의 중화요리점 등등. 그중에서도 프레도 씨의 구멍가게가 최고였다.


4. 프레도 슈퍼에서 완벽한 과자 고르기


해가 중천에 떠있어도 프레도 슈퍼에 들어가면 지하 소굴에 들어가는 것 같았다. 내부는 항상 어두웠고 진열대는 너무 높아서 맨 위의 상품들은 볼 수도 없었다. 진열대는 사방을 꽉 채웠고 창문은 없었다. 온 세상 과자들을 품을 만큼 넓지만 그 외의 것들을 품기엔 좁았다. 언제나 더러운 대걸레 냄새를 덮기 위해 피우는 향냄새가 났다.

켄지와 시므온은 제 방에 들어가듯 당당하게 문을

열어젖혔다.

"아저씨!"

시므온은 손을 들어 외치며 케이크 과자와 도넛 과자 쪽으로 갔다.

"이게 누구야. 주먹왕 랄프와 타이니 팀이로구나."

프레도 씨가 바로 받아쳤다. 신문을 읽고 있던 그는 손가락에 침을 묻히며 몇 초에 한 번씩 페이지를 넘겼다. 마치 그렇게 빨리 읽는 게 가능하다는 듯이.

"그거 아니? 난 매일 이 신문을 보며 너희 얼굴이 안 나오길 바란다."

"영영 나올 리 없어요. 좋은 소식이 아니라면."

"어떤 좋은 소식?"

프레도 씨가 신문을 접어 계산대 한쪽에 올려두며 물었다.

"제가 아주 잘나가는 변호사가 됐다는 소식?" 켄지가 말했다.

"아니면 제가 아주 유명한 배우가 됐다거나요. 그럼 제가 아주 잘나가는 변호사를 연기할 수도 있겠죠."

시므온은 손에 든 케이크 과자를 뒤집어 유통기한
을 확인하며 말했다. 얼마나 오래 진열되어 있었는지
는 주인인 프레도 씨도 몰랐다. 시므온이 저번에 사
간 케이크 과자에서는 벽돌 맛이 났다.

"글쎄다. 하늘에서 스쿨버스가 떨어질 가능성이 더
크겠다."

"어이쿠."

시므온이 과장스럽게 가슴을 부여잡았다.

"오해하지 마라. 나야말로 그런 날이 오길 바라니
까. 너희가 이 가게를 통째로 인수하면 난 바로 은퇴
하고 온종일 드러누워 〈로 앤 오더〉를 정주행할 거
야. 매일매일."

"그렇다면 간판을 바꿔야겠네요. 켄지와 시므온 슈
퍼로."

시므온이 말하다가 뒤쪽 선반에 있던 감자칩을 실
수로 떨어뜨렸다.

"아니면 시므온과 켄지 슈퍼." 켄지가 덧붙였다.

프레도 씨는 판사처럼 양손을 깍지 끼고 계산대에

올려놓았다.

"그래, 간판이야 사장님들 뜻대로."

잠시 후 켄지와 시므온은 계산대 앞에 섰다. 켄지는 감자칩을, 시므온은 초코파이를 골랐다.

"50센트씩이다." 프레도 씨가 말했다.

"내가 살게."

시므온이 켄지의 감자칩을 자기 초코파이 쪽으로 당기며 말했다.

"그럼 도합 1달러가 되겠구나, 랄프."

동전을 긁어모을 차례였다. 시므온은 주머니에 손을 넣어 1센트, 5센트, 10센트짜리 동전들을 한 움큼 꺼내어 계산대에 펼쳐놓고 세기 시작했다. 켄지는 피식 웃었다. 익숙한 상황이었다. 계산대에 늘어선 동전들을 보니 자연스레 비트 번즈 생각이 났다. 켄지의 키 쌍둥이. 주머니 털기의 귀재. 하지만 감히 시므온의 주머니만큼은 건드리지 못했다.

"잠깐만요. 오, 십, 십오, 십육, 십칠, 이십칠, 이십팔……."

시므온이 중얼거렸다.

"네 형은 잘 지내냐?"

프레도 씨가 시므온에게 물었다.

"네, 뭐. 어딘가에서 아이스크림 트럭이나 몰고 다니겠죠. 합법적인 노점상처럼."

프레도 씨가 고개를 끄덕였다. 이번엔 켄지에게 물었다.

"너희 형은? 네가 들고 다니는 그 낡은 탱탱볼 네형 거 맞지? 내 기억에 그 녀석은 운동신경이 둔했는데."

켄지가 대답하기도 전에 시므온이 버럭 짜증을 내며 계산대를 탕, 쳤다.

"아, 까먹었잖아요! 처음부터 다시 세야 한다고요. 오, 십, 십오—."

"아이고. 그렇게 해서 오늘 안에 끝내겠니?"

프레도 씨가 계산대에서 딱 적절한 양을 손으로 쓸어 가져갔다.

"어디 갈 데도 없으시잖아요?" 시므온이 투덜댔다.

"너희 엄마한테 가보련다. 아기 때 얼마나 자주 떨 궜길래 네가 셈이 그렇게 느린지 물어보려고."

"아, 안 물어보셔도 돼요. 제가 알거든요. 딱 한 번 떨궜대요. 돈 통에."

"꼴통이겠지."

프레도 씨는 껄껄 웃었지만 시므온은 웃지 않았다. 그리고 시므온이 웃지 않았기에 켄지가 나섰다.

"농담은 그쯤 하세요, 아저씨. 그리고……."

켄지는 불쑥 손을 뻗어 계산대에 놓여있던 라이터를 집어 들었다.

"담배는 그만 태우세요. 건강에 해롭잖아요."

"저 퀴퀴한 향도 그만 태우시고요."

시므온이 문을 열며 말했다. 두 사람이 떠나면서 시므온의 웃음소리가 잠시 가게 안에 머물렀다. 가져 갈 게 따로 있지, 라이터라니. 그러니까, 프레도 씨 는 구멍가게 주인이었다. 계산대에 널리고 널린 게 성냥과 라이터였다.

## 5. 소원 빌기

평생 살아온 아파트 앞에 도착한 두 사람은 계단 참에 앉았다. 걸어오면서부터 프레도 씨를 실없이 흉 보며 깔깔댔다.

"그 아저씨는 꼭두각시 인형 같아. 꼭 누군가가 두 손이랑 엉덩이를 조작하는 느낌이야." 켄지가 말했다.

"딱 과자 파는 가게 주인처럼 생겼어. 그냥 과자 만. 세상에 누가 시시하게 과자만 팔아? 과자만?" 시므온이 말했다.

"그나저나 프레도는 뭔 뜻이야? 알프레도라면 모 를까. 느끼해서 딱 어울리잖아."

켄지는 계속 탱탱볼을 다리 사이로 튕겼다. 바람 이 불어와 주변의 쓰레기들이 나부꼈다. 비닐봉지 가 해파리처럼 두둥실 떠다니고 바람 빠진 풍선(광 택 나는 은색 풍선이었다)이 신난 미사일처럼 휙 날아갔다.

"공감. 완전 느끼해. 근데 꼴통 드립은 한 방 먹었어."

시므온은 눈으로 풍선을 쫓으며 말했다.

"그건 나도 인정."

켄지가 대답하자 둘은 웃음을 터뜨렸다. 켄지는 탱탱볼을 내려놓고 감자칩 봉지를 뜯어 시므온을 향해 내밀었다.

"아, 난 괜찮아. 대신 라이터 좀 줘봐."

켄지가 시므온에게 프레도 씨의 라이터를 건넸다. 뭘 하려는 건진 몰랐다. 만약 어딘가에 불을 낼 작정이라면 변호사는 물 건너간 셈이었다. 농담을 지르는 것과 불을 지르는 건 차원이 다른 일이니까. 시므온은 책가방에서 꺼낸 종이 한 장을 찢더니 비틀어 짜듯 구겨서 애벌레로 만들었다. 적어도 그렇게 보였다. 그러고는 초코파이의 포장지를 까고 내용물을 살살 꺼냈다. 비록 우악스러운 손가락 때문에 표면이 거의 부서졌지만.

"생일 축하합니다. 생일 축하합니다. 사랑하는 켄

지의, 생일 축하합니다아아아아."

시므온은 종이 애벌레를 초코파이에 초처럼 꽂고, 라이터로 끄트머리에 불을 붙였다.

"생일 축하해, 친구. 비욘세 버전으로 불러주고 싶지만 우리 둘만의 순간을 콘서트로 만들 순 없잖아."

시므온이 켄지에게 초코파이를 내밀며 말했다. 불길이 공기를 날름거렸다.

"나…… 생일 아닌데."

"빨리, 빨리 불어. 초코파이 다 녹겠다."

켄지가 마지못해 몸을 기울였다.

"소원 비는 거 잊지 말고!"

켄지는 잠시 고민하다가 불을 훅 불어 껐다. 종이 불티가 검은 눈송이처럼 날리고 연기가 휘돌아 흩어졌다.

"뭐 빌었어?" 시므온이 물었다.

"말하면 안 이뤄지잖아."

"맞다."

시므온은 일어섰다.

"그럼 이만 숙제나 하러 가야겠다. 다반조 선생님
이 환경에 관해 뭔가 써 오라 그랬거든. 잘 모르겠지
만 뭐든 우리 집 창문에서 더 잘 보일 것 같아서. 위
에서 보면 더 많이 보이잖아."

시므온이 타고 남은 종이를 초코파이에서 빼냈다.
그러고 반을 쪼개 한쪽은 자기 입에 밀어 넣고 한쪽
은 켄지에게 건넸다.

"그래, 가자."

켄지도 일어나며 초코파이 반쪽을 입에 밀어 넣었
다. 탱탱볼은 책가방 안에 넣었다. 이어질 일을 위해
두 손이 자유로워야 했으니까.

둘만의 특별한 악수.

손을 맞잡고, 흔들고, 흔들고, 미끄러뜨리듯 떼고,
손가락을 걸고, 흔들고, 흔들고, 검지로 자신을 가리
키고, 주먹을 두 번 맞부딪치고, 오른쪽 귀 옆에서
검지와 중지로 브이 사인을 하고, 검지로 서로를 가
리키고, 손끝을 맞부딪치고, 공(켄지의 탱탱볼보다
큰 공)을 쥐듯이 손바닥으로 허공을 문지르고, 엄지

로 턱 끝을 찍고, 서로를 향해 고개를 흔들다가 강한 포옹으로 마무리.

"형제."

시므온이 말했다.

"형제."

켄지가 복창했다. 아직 입안에 있는 초코파이 때문에 발음이 뭉개졌다.

꼭 자기 형들이 하던 대로였다. 두 사람은 같은 계단에 앉아 같은 동작, 같은 비밀, 같은 유대를 나눴다. 그러고서 엘리베이터를 타고 각자의 층으로 갔다. 시므온은 7층, 켄지는 9층. 시므온은 켄지의 얼굴을 보고 켄지가 어떤 소원을 빌었는지 알았다. 켄지도 시므온의 얼굴을 보고 자신이 어떤 소원을 빌었는지 시므온이 안다는 걸 알았다. 종이 초에서 나온 연기가 바람을 타고 시와 주를 건너, 켄지가 한 번도 밟은 적 없는 땅과 고속도로를 가로질러, 가시철망과 돌담과 철문을 뚫고 철창살 사이로 흘러들어 형의 귀에 속삭여 주기를.

더는 학교 끝나고 집에 걸어갈 필요가 없었으면 좋겠다고.

자신의 형, 메이슨이, 차를 타고 데리러 와줬으면 좋겠다고. 시므온의 형, 처키가 2년 전에 훔친 차, 메이슨이 대신 뒤집어쓰고 감방에 가게 만든 차와 비슷한 차를 타고.

비슷하지만 다른 차로.

그 차로 드라이브를 시켜달라고.

그리고 운전하는 법도 알려달라고.

# 네슬레가

# 새치모의 완벽한 계획

  오늘, 방과 후, 새치모 젠킨스는 자신의 목숨을 구하기 위한 계획을 구상했다.

  아주 오래전에 구상했으면 좋았을 계획. 새치모가 꼬꼬마였을 때부터. 그때 새치모는 일곱 살이었고 브루투스는 서른두 살이었다. 아무리 개라도 그 나이쯤 되면 철이 들지 않나? 브루투스는 새치모의 종아리를 콱 깨물어 슬픈 얼굴 모양의 이빨 자국을 남겼다. 그건 아무도 예상치 못한 변고였다. 새치모 젠킨스는 반사신경이 뛰어난 애였으니까. 공이 날아오는 족족 받아 채기로 유명한 애였으니까. 그러나 그날, 동네 친구 클랜시가 간다, 외치며 축구공을 던졌을 때, 공은 새치모가 몸을 날려 뻗은 손을 아슬아슬하게 넘어갔다. 너무 높이 던진 것이다. 땅에 한 번 튕긴 공은 아주 유감스럽게도 애덤스 씨의 앞마당에 떨어졌다. 그 개, 브루투스가 사는 곳이었다. 나무에 사슬로 묶인 채. 공이 제 앞으로 굴러오자 브루투스는 벌떡 일어나 뭉뚝한 손가락 같은 꼬리를 몸이 휘청일 정도로 세차게 흔들었다. 그리고 주둥이로 공을 이리저리 굴리며 이빨을 박아 넣으려고 했다. 하지만 지나치게 흥분한 나머지 결국 사슬 길이를 넘는 지점까지 공을 보내버렸다. 새치모에겐 절호의 기회였다.

"새치! 애덤스 아주머니한테 들키기 전에 얼른 공 가져와." 클랜시가 재촉했다.

브루투스의 주인인 애덤스 씨는 종종 창가에 앉아 거리를 살피며 누가 자기 마당에 발을 들이는지 감시했다. 마치 어디서 특별한 잔디라도 공수해 온 것처럼. 심술보 전용 잔디. 심지어 몹시 추울 때도 창문을 활짝 열어놓고 하염없이 밖을 바라보곤 했다. 늘 담배를 물고 있어서 아랫입술이 너덜거렸다. 때로는 마당을 거닐다가 검은 가래침을 뱉기도 했다. 그것은 총알의 크기와 속도로 입에서 튀어나왔다. 어쩔 땐 작은 단지 안에 침을 뱉었는데, 소문으로는 애덤스 씨가 그 담배 가래침을 브루투스의 밥에 섞는다고 했다. 더 독하고 사납게 기르려고. 자기 마당에 침입하는 자는 야수를 상대하리란 점을 확실히 하려고. 큰 나무 둥치에 굵은 쇠사슬로 묶어놔야만 하는 사나운 짐승을. 그리고 어쩌다 새치모와 눈이 마주치면 다른 동네 어른들처럼 손을 흔들거나 **엄만 잘 계시니?** 하고 묻는 대신 그저 고개를 까딱했다.

새치모는 항상 그 집 내부가 오래된 복싱 체육관 같을 거라고 상상했다. 천장에 달린 샌드백에 애덤스 씨가 맨주먹으로 잽과 라이트 훅을, 심지어 킥을 날리는 모습을 떠올렸다. 무릎으로, 팔꿈치로 찍는 모습도. 때로는 브루투스가 애덤스 씨의 경비견이 아니라 애덤스 씨가 브루투스의 경호원이라고 상상하기도 했다. 거무칙칙하게 착색된 치아로 자기 개한테 가까이 다가오는 사람을 물어뜯는 인간.

새치모는 혹시 애덤스 씨가 창가에 있나 확인하려고 클랜시를 돌아봤다. 클랜시는 고개를 저었다. **아니, 없어**라는 뜻이었다. **그래, 가봐** 또는 **서둘러**라는 뜻이기도 했다. 그래서 새치모는 살금살금 차도와 인도를 가로질러 마당으로 들어갔다. 브루투스 애덤스, 머리가 농구공만 한, 갈색 주둥이를 가진 검은 개가 사는 곳으로.

"안녕, 브루투스."

새치모가 축구공을 향해 걸어가며 속삭였다. 두려워할 필욘 없었다. 공이 꽤 멀찌감치 떨어져 있어서 브루투스가 새치모를 덮칠 가능성은 없었다. 다만 한 발짝 다가갈 때마다 브루투스의 꼬리질이 점점 격해졌다. **좋아, 좋아, 좋아**인 것 같기도 하고 **싫어, 싫어, 싫어**인 것 같기도 했다. 어쩌면 **반가워. 나랑 놀자. 다만 네 생각과는 다른 놀이를 할 거야. 너 반사 신경 뛰어나다며? 나도 마찬가지거든!**인 것 같기도 했다.

새치모가 공을 집어 들고 브루투스의 침으로 축축

해진 부분을 청바지에 대충 문질러 닦았다.

'……공……움직인다…….'

새치모는 성공의 표시로 클랜시를 향해 공을 번쩍 들어 올려 보였다. 클랜시도 새치모가 실책을 잘 만회했다는 듯이 두 손을 번쩍 들어 올렸다.

그때 브루투스가 사나운 꼬리질과 함께 숨을 헐떡이고 펄쩍펄쩍 뛰며 짖어댔다.

'……공……잡는다!'

새치모가 슬쩍 돌아보자 유난히 흥분한 브루투스가 자신을 향해 달려들고 있었다. 사슬이 곧 잡아챘지만, 곧바로 다시 달려들었다. 뒷다리로 벌떡 일어나 새치모 위로 덮칠 듯 몸을 날렸다. 새치모는 이제 막 거리로 줄행랑치던 참이었다.

그러나 너무 늦었다. 놀이는 이미 시작됐다. 사슬이 뚝 끊기자마자, 브루투스는 새치모에게 돌진했다.

새치모라는 이름은 새치모의 할머니가 사랑했던 유명 재즈 음악가 루이 암스트롱의 별칭을 따서 지었다. 입이 유달리 커서 붙은 **사첼 마우스**(책가방 입)

란 별명의 줄임말이었다. 자신의 입은 그리 크지 않지만, 위급 시에는 트럼펫이 될 수도 있다는 걸 그날 새치모 젠킨스는 깨달았다. 맹견에 쫓기는 상황에서라면 자신의 비명을 날카로운 경적처럼 온 거리에 울려 퍼지게 할 수 있다는 것을.

4년 뒤, 새치모는 말로 힐이라는 동네로 이사했다. 새치모의 엄마가 그 근처 동물병원에서 사무 보조로 일하게 됐기 때문이다. 새치모가 브루투스와 맞닥뜨린 사건은 수의사가 되겠다는 엄마의 꿈에 불을 지폈다. 비록 수의학과에 진학해 몇 년에 걸쳐 교육과 훈련을 받아야 했지만 새치모의 엄마는 한 걸음 한 걸음 꿈을 향해 나아갔다. 동물들과 함께하는 삶을 선택한 그는 자신의 아들이 개를 겁내지 않길 원했다. 하지만 아무리 원해도, 가르쳐 줘도 소용없었다. 공포가 새치모의 두뇌를 잠식하고 흉터를 짓눌렀다. 종아리에 모스 부호처럼 올록볼록 솟은 점과 선들은 개가 위험하다는 것을 되새겨 주는 메시지였다.

가끔 TV 공익광고에서 우리에 갇혀 고통에 떠는

유기견들이 나왔다. 유명인들이 "사지 말고 입양하세요."라고 말하면 새치모는 "애초에 우리에 가둔 이유가 있겠죠."라고 궁얼거렸다. 사람들이 "이빨 달린 것들은 물기 마련이지."라고 할 때마다 논거를 들어 반박하던 새치모의 엄마는 역시나 못마땅해했다.

"네가 물린 건 오해 때문이야, 새치. 그 개는 너와 놀고 싶었을 뿐인데 넌 바짝 긴장했지. 네가 긴장하니까 녀석도 노는 상황이 아니란 걸 알고 긴장한 거야."

"그렇게 짖고 으르렁거리는데 제가 어떻게 놀고 싶겠어요? 딱 봐도 **놀자, 놀자**가 아니라 **물자, 물자**였다니까요."

새치모는 작은 개들은 무섭지 않았다. 축구공보다 크지만 않다면. 그보다 크면 몸이 절로 굳고 심장이 쿵쿵 뛰었다. 다행히 말로 힐로 이사 온 후로 하굣길에 개를 마주치는 일은 없었다.

어제까지는.

어제 네슬레가를 걸을 때였다. 제리 씨의 집 앞을

지나다가 새치모의 한쪽 시야 끝에 뭔가가 걸렸다. 뭔가 크고 복슬복슬한 것. 그것은 제리 씨의 집을 둘러싼 잔디를 가로지르다가 철망 울타리에 가로막혀 멈췄다.

심장이 발밑까지 뚝 떨어졌다. 목구멍은 밧줄처럼 두 갈래로 꼬여 들었다. 이미 곁눈으로 본 것을 확인하기 위해 고개를 돌렸다. 착시나 착각이 아니었음을 확인하기 위해. 그렇다. 제리 씨가 개를 데려온 것이었다.

제리 씨는 몇 달 전 부인과 사별했다. 그로부터 일주일 뒤, 새치모는 자기 엄마와 함께 제리 씨에게 실내용 화초를 전달했다. 새치모의 엄마는 조의의 뜻을 담아 유기농 밀로 만든 케이크도 건넸다. 새치모는 엄마가 제리 씨에게 유기견 보호소에서 개를 한 마리 데려와 키우는 게 어떠냐고 자꾸 권하는 게 마음에 들지 않았다.

'유기농 케이크면 됐지 유기견이 웬 말이람.'

새치모는 속으로 투덜거렸다.

그때 제리 씨는 아직 마음의 준비가 안 됐다며 한사코 거절했다. 그런데 이제 준비가 된 모양이었다. 작은 개도 아니었다. 축구공만 한 복슬강아지가 아니었다. 늑대처럼 큰 개였다. 새치모가 아는 큰 개들과 세상에 존재하는 줄도 몰랐던 괴물들이 조금씩 섞인 모양새였다.

　　그것이 바로 새치모가 이 계획을 구상하게 된 이유였다.

　　정확히는 탈출 경로를.


　　오늘, 방과 후, 새치모 젠킨스는 마지막 교시인 수학 수업이 끝나자 멍하니 사물함으로 향했다. 문을 열어 교과서들을 비워 내고 잠시 사물함 안에 머리를 넣어 심호흡하며 정신을 가다듬었다. 오늘 집으로 가는 이 길은 모험이 될 것이었다. 나머지 다리에 웃는 얼굴처럼 생긴 흉터를 추가하는 일만은 결코 없어야 했다.

　　"새치, 받아!"

존 존 왓슨이 외치며 수학책을 던졌다. 새치모는 때마침 고개를 들고 두 손으로 얼굴을 방어하는 데는 성공했으나 책을 잡는 데는 실패했다. 책은 허공에서 허우적대는 손을 피해 바닥에 떨어졌다.

"교실에 떨궜길래."

존 존이 말했다.

"아. 고마워. 덕분에 살았어."

새치모는 기운을 차리고 대답했다. 아니, 적어도 기운 차린 척했다.

"천만에."

존 존은 급히 인파를 헤치며 사라졌다.

새치모는 수학책을 집어 들어 공중에 던졌다가 잡았다. 책장 사이에서 종이 한 장이 팔랑 떨어졌다. 신시아 소워의 코미디쇼 초대장이었다. 하지만 새치모는 웃을 기분이 아니었다. 다시 수학책을 공중에 던졌다가 잡았다. 그러고는 가방에 넣고 사물함 문을 닫았다. 탕.

교문을 나와 길모퉁이에서 포털대로의 오른쪽으로

걸었다. 얼핏 체스트넛가로 향하는 것처럼 보였지만
그 전 블록에서 오른쪽으로 꺾어 네슬레가로 접어들
었다. 머릿속으로 작전을 되새기면서 결의를 굳혔다.
목표는 하나였다. 임무 완수.

*좋아, 새치. 넌 준비됐어.*

*처음부터 끝까지 계획대로만 하면 돼.*

*넌 안 물릴 거야. 안 잡아먹힐 거야.*

*심호흡해, 새치. 다 잘될 거야.*

*만약 녀석이 울타리를 뛰어넘으면, 정말로 뛰어넘
으면, 당황하지 말고 계획대로 해.*

*오른쪽으로 꺾어서 길가에 서있는 제리 아저씨
의 픽업트럭 뒤에 올라타 도와달라고 소리를 질러.
그게 1루야. 네가 향할 곳.*

*하지만 만약 픽업트럭이 거기 없다면, 만약 아저
씨가 타고 나갔다면, 이웃집 애가 목숨 걸고 도망
치든 말든 다른 개들을 도와주러 갔다면, 그대로
쭉 달려 카터 부부네 집으로 가.*

*초인종을 누를 여유는 없으니, 게다가 카터 아주*

머니와 아저씨가 다 안 계실지도 모르니, 곧장 집 뒤편으로 가는 거야. 거기 수영장이 있으니까. 그리 크지 않은 수영장. 실제로 본 적은 없어도 엄마가 그랬으니까, 이 동네에 자가 전용 수영장이 웬 말이냐고 주민들이 험담하더라면서, 마치 자신은 험담하지 않는 것처럼 말했으니까, 그 말대로 수영장이 있다면, 뛰어들어.

수심은 따지지 말고.

헤엄칠 줄 아니까, 일단 뛰어들어.

녀석이 뒤쫓아 오더라도 뒤따라 뛰어들진 않을 거야.

하지만 만에 하나 녀석이 뒤따라 뛰어든다면, 물에서 나와. 당장.

개들은 그 웃기는 개헤엄이란 걸 치느라 바빠서 널 위협하지 못할 거야.

그렇게 빠르지도 않을 거야. 물개가 아니라 그냥 개니까.

아무튼 녀석이 수영장 밖으로 다시 뛰어나오기

전에 먼저 출발하면, 그 틈에 울타리를 넘는 거야. 카터 부부가 윈스턴 아주머니네 아이들이 수영장에서 놀지 못하게 하려고 세운 울타리. 역시 본 적은 없어도 엄마가 그렇게 말했으니 분명 있을 거야. 그리 높지는 않겠지만, 옷이 흠뻑 젖어서 무거울 수 있으니 만약 울타리를 넘기 힘들면 재빨리 윗옷과 바지와 신발을 벗어 던져. 옷은 여러 개지만, 목숨은 하나니까.

엄마도 이해할걸. 팬티만 입고 밖에 돌아다닌 흑역사도 언젠가 잊혀질 거야.

울타리를 넘으면 이제 안전해. 개도 헤엄치느라 진이 빠져 울타리를 뛰어오를 여력이 없을 테니까. 하지만 시도는 할 수 있겠지. 그러니까 당장 거리로 나가 집으로 달려. 하지만 만약 거리로 나갔는데 웬걸, 녀석이 떡하니 기다리고 있다면 난 죽은 목숨이야.

아니, 아니, 아니.

만약 녀석이 널 기다리고 있다면, 곧장 발길을 틀

어 사다니 형 집 앞에 세워진 낡은 차 위로 뛰어올라라. 몇 년 전에 차를 도둑맞은 뒤 새로 산 그 차는 고물 중고차라서 보닛 위로 뛰어올라도 사다니 형은 개의치 않을 거야.

하지만 만약 개가 뒤따라 뛰어오르면, 지붕으로 기어 올라가. 아마 녀석은 앞유리창에 미끄러질 거야. 하지만 안심할 수는 없지.

녀석이 미끄러지고 헛발질하는 사이, 뛰어내려 차 문을 열어. 사다니 형은 어차피 시동도 잘 안 걸리는 똥차라 훔쳐 갈 사람도 없다며 늘 차 문을 잠그지 않으니까.

문이 열리면, 뛰어 들어가 문을 닫아.

그럼 일단 안전해. 옛날 차라서 시동 걸 필요 없이 손잡이를 돌려 창문을 내릴 수 있을 거야. 그럼 창문을 조금만 내려서 구조의 손길이 닿을 때까지 소리를 질러.

하지만 만에 하나 차 문이 잠겨있다면, 아침에 일부러 먹다 남긴 소시지를 꺼내 힘껏 던지는 거야.

만약, 정말 정말 만약, 개가 소시지를 따라가지 않는다면, 이제 삼십육계 줄행랑뿐이야.

지그재그로 달리기.

옛날에 클랜시가 쿼터백, 내가 와이드 리시버로 슈퍼볼 놀이를 했던 것처럼.

클랜시가 어디로 갈지, 어떻게 행동할지 머리를 굴려 예측했던 것처럼.

긴 패스를 할까?

반대편으로 달릴까?

팀 동료를 도와줄까?

클랜시는 왜 그날 브루투스를 쫓지 않았을까?

왜 브루투스에게 태클을 걸지 않았을까?

그랬다면 나도 브루투스를 향해 으르렁대며 짖었을 텐데. 어떤 기분인지 너도 느껴보라고.

아니, 지금 중요한 건 그게 아니야. 중요한 건 지그재그를 그리며 달리는 거야.

요쪽으로 휙.

조쪽으로 휙.

녀석은 다리가 네 개고 난 두 개니 내가 더 재빠를 거야, 맞지?

아닌가? 다리가 많으면 더 빠른가?

잘 모르겠지만 어쨌든 그렇게 하자.

요리조리 집까지 달리자.

집에 도착하면 아침에 일부러 열어두고 온 옆문으로 가는 거야. 경비견도, 경보 장치도 없이 문을 안 잠그고 간 걸 엄마가 알면 난리 치겠지만 어쨌든.

그런데 만약, 아주 만약 어떤 이유로 옆문이 잠겨 있다면, 이제 그저 기적을 바라는 수밖에 없지.

하늘에서 스쿨버스가 떨어진다든지.

여기까지가 제리 씨의 집에 가까워지면서 새치모가 세운 계획이다. 즉, 자신의 목숨을 구하기 위한 완벽한 계획. 새치모는 조금이나마 유리하게 시작하고자 반대편 인도로 걸었다. 야수를 일부러 자극할 필요는 없으니까. 마침내 제리 씨의 집 대문을 지나 옆 마당이 나왔을 때, 덜컥 등골이 개껌처럼 딱딱해지고 내장이 고무 장난감처럼 납작해졌다. 손바닥은 축축한데 손가락은 육포처럼 쪼그라들었다. 개 짖는 소리가 들렸기 때문이다. 아니, 짖는다기보다, 노인이 걸걸하게 기침하는 소리 같았다.

"새치! 새치!"

제리 씨가 새치모를 불렀다. 그는 울타리 너머에서 무릎을 꿇고 개의 머리를 쓰다듬고 있었다. 개가 제리 씨의 뺨을 혀로 할짝댔다. 맛보는 게 아니었다.

애정 표현이었다.

"새치, 이리 오렴."

제리 씨가 장난기 섞인 미소를 띠고 말했다.

"내 친구를 소개해 주마."

# 사우스뷰대로

# 오카부카 섬

　"자, 자, 여기 보세요, 친애하는 여러분, 표범과 기린, 막대사탕과 구미 베어, 도마뱀 입술과 퉁방울눈, 네…… 스티븐스 선생님, 선생님도 포함해서요. 저는 천하무적 **그래그래**, 여러분을 웃기러 왔습니다. 언제까지요? 여러분이 웃다 지쳐 쓰러질 때까지, 방귀 뀌고 오줌 지릴 때까지!"

　"말조심."

　스티븐스 씨가 교실 모퉁이에서 팔짱을 낀 채 경고했다. 교실 앞에서 익살을 떠는 신시아 **그래그래** 소위를 엄한 눈으로 주시하면서. 이 막간의 쇼를 허락한 건 신시아가 수업 전체를 훼방 놓지 않게 하는 유일한 방법이라서였다. 수업 마치기 전 5분을 신시아에게 할애하지 않는다면 신시아는 그날 스티븐스 씨가 가르친 내용을 꼬투리 잡아 만담을 펼칠 게 분명했다. 이를테면 음수들이 불쌍하다고. 0보다도 못하다니 얼마나 서럽겠냐며.

"그러니까, 차라리 아무짝에도 쓸모없는 게 낫잖아요? 가만있어도 모자란 존재가 되면 어떻겠어요? 집에서 쫓겨날지도 몰라요. 애인이 헤어지자고 할지도 모르고요. 이유를 물으면 이렇게 대답하겠죠. 넌 나한테 턱없이 모자라다고. 생각해 보세요, 스티븐스 선생님. 누가 음수 따위를 위해 울어주겠어요? 네? 누가요?"

신시아는 허공에 주먹을 휘두르며 씩씩거리다가 책상에 볼을 대고 엎드렸다. 스티븐스 씨가 이제 끝났겠거니 생각했을 때, 신시아가 고개를 번쩍 들었다.

"제가 음수라면 어떻게 할지 아세요?"

답은 정해져 있었다.

"신시아, 그러기만 했단 봐."

스티븐스 씨가 으름장을 놓았다.

답은 언제나 하나뿐이었다.

"저라면……."

반 전체가 그 답을 알았다.

"경고했다."

스티븐스 씨는 고개를 절레절레 저었다. 반 전체는 약속이라도 한 듯 일제히 외쳤다.

"뛰어!!!"

신시아는 책상에 펄쩍 뛰어올랐다 다시 뛰어내리고는 교실 밖으로 돌진했다. 딱 1초만. 그러고선 천연덕스럽게 제자리로 돌아와 허리를 꼿꼿이 펴고 앉았다. 한 손에는 연필을 쥐고 다른 손으로는 양 갈래로 짧게 땋은 머리카락을 비비 꼬았다. 그 머리 모양조차 코미디 효과를 위한 장치였다. 그러면 보통 스티븐스 씨는 종종걸음 치며 신시아를 문 쪽으로 불러 생활기록부에 벌점을 매기겠다고 엄포를 놓았다.

"저를 반에서 분리하지 마세요, 스티븐스 선생님, 네? 저희를…… **나눗셈**하지 마세요!"

신시아는 애걸하는 척하며 수학 농담을 던졌다.

"오, 난 나눗셈할 생각 없단다, 신시아. 그보다는 뺄셈을 고민 중인걸."

하지만 말로만 그랬다. 사실 스티븐스 씨는 신시아의 농담을 좋아했다. 어릴 때 스티븐스 씨의 할머니가 보던 흑백 TV 속 코미디언을 생각나게 했기 때문이다. 그래서 이 재담꾼과 거래를 한 것이다. 만약 신시아가 수업 내내 얌전히 집중한다면 마지막 5분을 넘겨주기로.

"자, 신사 숙녀 여러분, 뉴스부터 시작하죠. 속보입니다. 티셔츠…… 참 이상한 단어죠? 그러니까, 누가 이따위 이름을 지었을까요? 그게 최선이었을까요?"

신시아는 자기가 입은 티의 목 부분을 잡아당기며 말했다.

"저도 최근에 전해 들은 얘기입니다. 옛날 옛적에 어느 재봉사가 팔과 가슴, 배를 한꺼번에 감싸는 이런 옷을 만들고서 팔배가슴(Arm-Belly-Chest) 셔츠라고 불렀답니다. 그런데 이름이 너무 기니까 그

냥 ABC라고 줄였대요. 그런데 하필 그때 ABC노래
가 유행을 타게 됩니다. 엘엠엔오피~ 다들 아시죠?
아이고 어른이고 모두가 부르다 보니 옷 이름으로
썩 좋은 선택은 아니었죠. 하지만 영 다른 이름이 떠
오르지 않았습니다. 그러던 어느 날, 재봉사는 친구
들과 함께 저녁 식사를 하게 됩니다. 다들 그가 만든
옷을 입어보고 마음에 쏙 들어하며 이 옷의 이름이
뭐냐고 물어봅니다. 팔배가슴 셔츠라고 말하니까 다
들 표정을 와락 구기며 한마디씩 합니다. **너무 길잖
아. 우리가 신발을 신발이라고 하지 발가락발등발바
닥 싸개라고 하냐!**면서요. 그런데 재봉사는 긴장하면
먹는 버릇이 있었습니다. 이 얘길 빼먹었군요. 그래
요, 그는 불안하거나 짜증이 나면 입에 음식을 밀어
넣곤 했습니다. 다들 그가 만든 옷의 이름을 당장 바
꿔야 한다고 구박하니까 짜증이 극에 달합니다. **뭐라
고 바꿀 거야?** 친구들이 묻자 그는 대답 대신 입 안
가득 빵을 욱여넣습니다. 우걱우걱 계속 밀어 넣죠.
**뭐라고 바꿀 거냐고?** 다들 닦달합니다. 그래서 결국

재봉사가 뭐라고 했는지 아세요?"

극적인 효과를 위해 신시아는 잠시 뜸을 들였다.

"어깨를 으쓱하며 뭉개진 발음으로 대꾸합니다. **이
티! 몰라!**"

반 전체가 들썩이기 전에 스티븐스 씨가 재빨리 나
섰다.

"자, 자……. 오늘은 여기까지!"

스티븐스 씨도 웃음을 억누르며 말했다. 애써 신시
아의 입을 다물게 할 필요는 없었다. 때마침 종이 울
렸으니까.


신시아의 엄마는 낮에 일하고 저녁에는 야간 학교
에 다녔다. 신시아가 아기였을 때는 잠자리에서 야학
교과서를 읽어주곤 했다. 그는 신시아의 히어로였다.
단지 너무 바빠 딸을 지켜줄 여유는 없는 히어로. 그
대신 할아버지가 슈퍼히어로였다. 초능력은 없지만
어딘지 대단한 구석이 있었다. 남들 눈에는 그저 아
파트 단지 앞 주류 판매점을 소유한 퇴역 군인이었

지만 신시아에게는 달랐다. 가게 한복판에 나무상자를 엎어놓고 그 위에 올라서서 사람들을 웃기는 슈퍼히어로. 재담은 할아버지의 초능력이나 마찬가지였다. 짓궂을수록 **빵빵** 터졌다. 신시아의 이름은 할아버지의 이름을 따서 지은 것이었다.

할아버지의 이름은 신더였다. 통성명할 때마다 사람들은 이렇게 물었다.

"신데렐라의 줄임말인가요?"

"아니요, 신더 콘크리트 블록의 신더죠."

사실 신더 씨는 두 가지 면을 동시에 지니고 있었다. 딱딱하면서도 물렀다. 빈틈없고 가차 없는 독설가이면서도 아기 신시아를 품에 안을 때마다 손녀가 끝내주는 농담이라도 던졌다는 듯이 껄껄 웃었다. 장차 자신과 명콤비가 될 짝을 알아보고 **그래그래**라는 애칭을 붙여주기도 했다. 안아 들 때마다 구구가가 하며 뜻 모를 옹알이를 내뱉어도 한껏 진지하게 **오구오구, 그래그래** 하다가 붙인 애칭이었다.

신더 씨의 애인, 백발에 빨간 립스틱이 잘 어울리

며 애연가인 집배원 프랜 씨는 늘 신더 씨의 가게에 들러 우편물을 전하면서 나무상자 무대의 관객이 되곤 했다. 프랜 씨의 카랑카랑한 웃음소리에 가게 안의 모든 술병이 달그락거릴 정도였다. 손님들은 알콩달콩한 노년 커플을 부러운 눈으로 바라봤다. 토요일마다 프랜 씨가 오면 신시아는 신더 씨가 시킨 대로 가게 앞에서 행군하듯 걸었다. 그러면 프랜 씨가 신시아의 오동통한 뺨과 이마에 우표를 붙이곤 했다.

"널 우체통에 넣어서 오카부카 섬에 보내버릴 테다."

프랜 씨가 겁주듯이 말하면 신시아는 웃음을 터뜨리며 비명을 질렀다. 마치 오카부카 섬이 실재하는 장소인 것처럼.

프랜 씨는 신시아가 일곱 살 때 세상을 떠났다. 친할머니 같던 사람을 잃어서 신시아는 무척 가슴이 아팠지만 신더 씨의 슬픔에 비견할 수는 없었다. 신더 씨의 마음은 프랜 씨의 영혼, 목소리와 함께 어딘가로 떠내려간 것 같았다. 어쩌면 프랜 씨의 육체와 함께 가게 건너편 공동묘지에 묻힌 것 같기도 했다. 두 사람이 함께했던 복도식 아파트 4층 창문에서 프랜 씨의 묘비가 바라다보였다. 신시아가 엄마와 사는 집에서 네 집 건너였다.

그로부터 얼마 지나지 않아 신더 씨의 주류 판매점은 문을 닫았다. 문을 닫은 지 얼마 지나지 않아 철거되었고, 철거된 지 얼마 지나지 않아 그 자리에 놀이터가 들어섰다. 미끄럼틀, 그네 한 쌍, 시소, 그리고 무대가 생겼다. 크고 정교한 무대는 아니었다. 신더 씨가 가게 안에 올라 서있던 나무 상자 크기의 콘크리트 단이었다. 볼트로 고정한 청동판에는 **신더의 블록**이라고 새겨져 있었다. 신시아는 언젠가 자기 할아버지가 그 위에 올라서서 한두 마디라도 농담을 던지길 바랐지만, 희망 사항일 뿐이었다. 그 무대가 생긴 지 얼마 지나지 않아 신더 씨의 건망증이 심해졌기 때문이다. 신더 씨는 라디오 켜는 법도, 전자레인지 작동법도 잊어버렸다. 지극히 단순한 일들이 하나씩 그의 정신을 떠났다. 그때마다 신시아가 도와주러 와야 했다.

"TV 켜는 법 좀 알려다오, 그래그래. 아무래도 저게 날 위해 일하기 싫은가 보다."

신더 씨는 안경집으로 TV 화면을 가리키며 말했다.

그로부터 얼마 지나지 않아 신더 씨는 딸과 손녀가 자신의 방 두 개짜리 집으로 이사했다는 사실마저 잊기 시작했다. 신더 씨는 자기 방을, 신시아와 신시아의 엄마는 다른 방을 썼다. 만성피로인 엄마는 늘 곰과 씨름하는 사람처럼 잤기에 신시아는 지친 엄마를 웃게 만드는 꿈을 꾸며 소파에서 웅크려 잤다. 자기 엄마가 일의 고단함, 피부색과 맞이 않는 색조로 두껍게 칠한 화장처럼 얼굴에 덕지덕지 쌓인 스트레스에서 벗어나 웃을 날을 꿈꾸며.

왜 예전처럼 농담으로 벽을 허물어뜨릴 수 없는 걸까?

그래그래가 원하는 건 그게 다였다. 자기랑 엄마가 나누던, 할아버지가 프랜 할머니와 나누던 애정 표현은 바로 웃음이었다. 신시아의 엄마는 너무 바빠 여유가 없으니 아쉬운 사람이 채워야 했다. 잔웃음이나

헛웃음만으로는 부족했다. 그래서 신시아는 매일 수업 끝자락에 재담을 줄줄 쏟아내는 것이었다. 아이들이 터뜨리는 웃음에 잠기려고.

오늘도 마찬가지였다.

스티븐스 씨의 수업이 끝나자마자 신시아는 교실 문간에 서서 초대장을 나눠 주었다. 컴퓨터 그래픽과 그림자 효과 등을 넣어 인쇄한 것은 아니었다. 그저 노트 낱장을 정사각형으로 찢어(침을 바르면 더 잘 찢어진다고 믿었기에 가장자리가 눅눅했다) 빨간색 펜으로 **그래그래 특별 공연이 사우스뷰 아파트 단지 내 신더의 블록에서 3시 33분에 펼쳐집니다**라고 쓴 것이었다.

"안 오면…… 판타나 선생님에게 평생 꿀밤 맞음!"

그 말이 왜 튀어나왔는지 신시아도 몰랐지만 나오는 대로 내뱉었다.

복도 사물함에 들러 짐을 챙기고 정문으로 향했다. 그 사이에 그레고리 피츠(Gregory Pitts)에게 겨드랑이(Pits) 잘 씻으라고 말했다. 매일 인사처럼 건네는 말장난이었다. 그레고리도 익숙한지 대꾸 대신 양 팔을 날개처럼 펄럭이며 암내를 뿜어냈다.

"3시 33분! 꼭 와!"

신시아가 그레고리의 뒤통수에 대고 외쳤다.

신시아는 교문을 나섰다. 길모퉁이에는 주황색 조끼를 입은 포스트 씨가 차들에게 교통신호를 보내며 얼굴이 터지도록 호루라기를 불고 있었다. 신시아는 도보로 통학하는 학생들이 주로 걷는 길이자 자신이 평소에 이용하는 길 대신 풀밭을 가로질러 학교 건물 뒤편 지름길로 향했다. 애초에 뒷문으로 가면 좀 더 빨랐을 텐데. 하지만 그랬다면 그레고리를 놀릴 기회를 놓쳤을 것이다. 신시아는 전통이 중요하다는 할아버지의 오랜 가르침을 존중했다.

신시아는 학교 건물을 따라 붉은 벽돌을 손끝으로 쓸며 걸었다. 건물 뒤편 나무들에 도달할 때까지. 숲은 아니고 그저 학교와 도로 사이에 장벽처럼 늘어선 단풍나무들이었다. 빽빽한 나뭇가지들은 팔보다는 거꾸로 뻗은 다리들 같았다. 요가 하는 뿌리 깊은 나무들. 신시아는 청바지를 발목 위로 걷어 올리고 발끝으로 걸었다. 그쪽 땅은 늘 진흙투성이였다.

　나무 장벽 건너편은 캐리건가였다. 사우스뷰 공동묘지 입구 외에는 볼 게 없는 거리. 묘지 입구를 장식한 화려한 철문이 한 블록 전체를 차지했다. 신시아는 좌우를 살핀 뒤 도로를 건너 입구로 향했다. 묘지를 통과하는 게 집으로 가는 최단 경로였기 때문이다. 질러갈 수 있는데 굳이 에둘러 갈 필요는 없었다. 게다가 신시아는 할아버지를 위해 킬킬이들을 주워야 했다.

　킬킬이는 담배꽁초의 다른 말이었다. 신시아의 할아버지가 그것들을 수집했기에 신시아도 눈에 띌 때마다 줍곤 했다. 사람들은 묘지를 거닐며 담배를 피우고 남은 꽁초를 땅에 버렸다. 가끔가다 꽃, 사진, 쪽지, 병, 초와 함께 묘비 위에 남겨두기도 했다. 그 꽁초들이 신시아가 찾는 대상이었다. 할아버지가 원하니까. 하지만 킬킬이라고 이름 붙인 건 신더 씨가 아니라 신시아였다.

프랜 씨가 세상을 떠난 직후, 신시아는 할아버지를 도와 집을 청소하고 서류와 옷가지들을 정리했다.

"이거 버릴까요?"

신시아는 베트남 전쟁 참전용사 모자를 들고 물었다.

"아니."

"이건요?"

신시아는 우표 한 묶음과 편지 봉투들을 집어 들고 물었다.

"흠. 이제 편지 쓸 일도 없으니…… 버리자."

신시아는 우표 하나를 떼어 이마에 붙이고서 할아버지를 향해 우스꽝스러운 표정을 지었다. 신더 씨가 빙그레 웃자 신시아는 나머지 우표들을 뒷주머니에 챙겨 넣었다.

"이것들은요?"

신시아는 담배꽁초가 가득한 재떨이를 들어 올리며 물었다. 꽁초에는 붉은 립스틱 자국이 있었다.

신더 씨는 재떨이를 들여다보았다. 마치 수영장 가

장자리에서 곧장 뛰어들 것 같은 얼굴로. 그러더니 꽁초 하나를 집어 총알을 보듯 바라봤다. 그의 심장을 부숴버릴 수 있는 총알. 물론 그 꽁초는 그의 심장을 부숴버리지 않았다. 적어도 신시아가 생각한 방식으로는. 신더 씨는 눈시울을 붉혔으나 울지는 않았다. 킬킬 웃었다.

신시아는 묘지를 돌아다니며 킬킬이를 찾았지만 하나도 발견하지 못했다. 주변에는 개를 산책시키는 사람도 있고 가족을 방문한 사람들도 있었다. 그들은 묘비 주변을 쓸고, 쓰레기를 줍고, 시든 꽃을 싱싱한 꽃으로 교체했다. 어느 묘비 앞에는 여자아이 둘이 스케이트보드를 깔고 앉아있었다. 신시아도 아는 얼굴들이었지만 왠지 빤히 쳐다보면 안 될 것 같아서 눈길을 거두었다. 신시아는 계속 걸었다. 이름이 새겨진 비석들 위를 눈으로 훑으면서.

하지만 여유가 많지 않았다.

3시 26분. 그래그래 쇼까지 남은 시간은 7분. 오늘은 허탕인 듯했다. 할아버지에게 가져다줄 킬킬이를 하나도 구하지 못할 모양이었다. 하지만 프랜 씨의 묘지에 다다르자 묘비 위에 담배꽁초가 하나 있었다. 끄트머리에 립스틱 자국이 있는. 신시아는 그것을 행운의 징조라 여기며 주머니에 집어넣고 계속 걸었다.

출구로 나와 사우스뷰대로를 건너 놀이터로 향했다. 그네를 탄 작은 여자아이가 다리를 앞뒤로 차며 붕붕 날아올랐다. 머리카락에 정전기가 일고 얼굴에는 만족감이 어렸다.

하지만 그 애 외에는 아무도 없었다.

3시 31분.

신시아는 신더의 블록에 걸터앉아 등을 쭉 폈다. 허리에서 뚝 소리가 났다. 매일 소파에서 자다 보니 몸이 늙는 기분이었다. 피식 웃음이 나왔다.

"소파가 아니라 아파라고 불러야 하지 않을까?"

신시아는 혼잣말했다. 어쩌면 그네 타는 아이에게 건넨 말일지도 몰랐다. 하지만 그 애는 그네타기에 열중했다.

"방금 건 좀 별로였다. 인정."

3시 32분.

새 한 마리가 신시아 옆에 앉았다. 비둘기. 거무칙칙한 회색인데도 묘하게 고왔다. 하늘에 짙게 깔린 먹구름처럼.

"뭐, 농담은 즉흥적인 맛이니까."

신시아는 새에게 말했다.

"새로 살면 어떤 기분이야? 넌 날개가 있잖아. 가고 싶은 곳은 어디든 날아갈 수 있지. 세상에 그보다 끝내주는 일이 있을까? 아, 근데 넌 손이 없어서 갖고 싶은 걸 쥘 수 없겠구나."

신시아는 키득거렸다.

3시 33분.

아무도 안 왔다. 언제나처럼. 아니, 언제나는 아니다. 가끔 그레고리 피츠, 레미 본, 조이 산티아고, 캔디스 그린이 왔다. 하지만 그건 그들 역시 사우스뷰에 살기 때문이었다. 신시아는 아이들이 학교가 끝나자마자 집에 가야 해서 못 오는 거라고 짐작했다. 가족과의 약속, 운동 연습, 숙제 따위 때문에. 혹은 아무도 신시아가 진짜 쇼를 펼치리라고 진지하게 생각하지 않았거나. 예정 시각이 3시 33분인 것도 어떤 농담이라고. 그래그래 특유의 말장난. 그래서 다들 **어어, 그래그래** 하고 넘긴 것이다.

사실 3시 33분은 신시아의 엄마를 위한 것이었다. 신시아의 엄마는 3시에 바리스타 일이 끝나면 4시 15분까지 수업에 들어가야 했다. 늘 일터에서 학교(이제 대학원)로 직행하지만 혹시 마음이 바뀌어 수업을 거르고 집에서 쉬기로 할지도 모르니, 신시아는 집 앞 신더의 블록에서 자신의 히어로를 환히 웃게 할 기회를 놓칠 수 없었다. 자신의 슈퍼히어로가 가르쳐 준 방식으로.

하지만 오늘도 히어로는 쉴 틈이 없는 모양이었다.

그래서 신시아는 책가방에서 노트를 꺼내 한 장 뜯었다. 펜을 꺼내서 손이 없어 슬픈 새에 대한 농담을 끄적였다. 날개도 있고 손도 있다면 얼마나 좋을까? 어? 그러면 새가 아니라 천사 아니야? 아니지, 천사에게 부리가 있다면 얼마나 괴상하겠어. 신시아는 키득키득 웃었다.

신시아는 책가방 앞주머니에서 봉투와 우표 꾸러미를 꺼냈다. 다 쓴 종이를 접어 봉투에 넣고 봉투 뒷면에 집 주소를 쓴 다음 우표까지 붙였다. 그러고서 다른 우표를 하나 떼어내 그네 탄 아이에게 걸어갔다.

"스티커 하나 줄까?"

신시아가 물었다.

아이는 그네를 멈추고 손을 내밀었다. 신시아는 우표 뒤에 네모난 양면테이프를 붙여 주었다. 찰리 채플린 우표.

신시아는 아파트 계단을 올라 집에 도착해 가방을 소파에 내려놓고 할아버지 방으로 직행했다.

똑똑.

"할아버지, 편지 왔어요."

대답이 없었다.

똑똑.

"할아버지, 저예요, 그래그래. 편지 왔어요."

묵묵부답.

신시아는 걱정이 되어 문고리를 돌리고 문을 슬며시 열었다.

"할아버지?"

신더 씨는 침대에 걸터앉아 노트에 뭔가를 끄적이고 있었다. 바닥에 종이공들이 어지럽게 널려있었다. 문이 열리면서 한쪽으로 휩쓸릴 정도였다. 딱히 대수로운 일은 아니었다. 신더 씨의 주변에는 늘 종이공들이 있었다. 대부분 무작위로 끄적인 문장들이었다. 두서없고 맥락 없는 글들. 그는 펜을 쥐고 머릿속에 깜빡이는 것들을 뱉어냈다. 다만 그중 몇몇은 신더 씨의 필체가 아니었다. 세상에서 가장 쿨한 손녀의 지렁이 글씨였다.

"할아버지, 노크 소리 못 들었어요?"

신더 씨가 고개를 들었다. 잠시 신시아를 못 알아본 듯 눈을 끔뻑였다.

"오, 그래그래. 못 들었다. 글 좀 가다듬느라고. 네가 내일 학교 가서 친구들을 빵 터뜨릴 만한 농담을 쓰고 있었지."

신시아는 신더 씨 옆에 앉아 볼에 입 맞추고 그가 쓰고 있던 노트를 내려다보았다. 노트에 적힌 건 **고막**이라는 단어가 전부였다.

"고막이요?"

"아, 이건 망했고."

신더 씨는 그 페이지를 찢어 뭉치고 아무렇게나 던졌다.

"더 좋은 게 하나 떠올랐는데, 뭐였더라. 아무튼, 학교는 어땠니?"

"끝내줬어요."

"티 농담 써먹었니?"

"그럼요. 다들 빵 터졌어요."

"잘했구나. 네 엄마도 그걸 좋아했지."

신더 씨는 감미로운 목소리로 말을 이었다.

"선생님이 화내지 않든?"

"아니요. 쿨한 분이라서요."

신시아는 할아버지를 안심시켰다. 그때 주머니 속 담배꽁초가 생각났다.

"아, 깜빡할 뻔했다. 저 킬킬이 하나 찾았어요."

신시아는 붉은 자국이 남은 꽁초를 꺼내 할아버지의 손바닥에 떨궜다.

신더 씨는 그것을 손안에서 굴리며 응시하다가 씩 웃었다. 그러고는 침대에서 일어나 몇 발짝 떨어진 작은 탁자 위 유리병 속에 떨어뜨렸다. 그 안에는 이미 백 개쯤 되는 킬킬이가 있었다. 그 이상이거나.

"편지도 있어요."

신시아는 봉투를 내밀었다. 아까 손 없는 새 농담을 쓴 종이를 끼워 넣고 뒷면에 주소를 쓴 봉투. 신더 씨는 봉투를 받아 탁자에 놓았다. 신시아는 나중에 할아버지가 그 봉투를 열어 안에 든 종이를 읽고 돌아서자마자 자신이 썼다고 착각하리란 걸 알았다. 그럼 할아버지는 다음 날 수학 시간 막간에 시도해 보라며 그 이야기를 늘어놓을 테고, 신시아는 집에 돌아와 할아버지의 농담이 먹혔다고, 반 전체가 빵 터졌다고 말할 테고, 그럼 할아버지는 "우린 명콤비야, 안 그러냐?" 또는 "피는 못 속이지."라고 말할 테고, 신시아는 할아버지의 뺨에 입 맞추고 고개를 끄덕일 터였다.

신시아는 신더 씨의 방을 나서기 전에 몸을 돌려 물었다.

"더 좋은 거 뭐요?"

신더 씨의 어리둥절한 얼굴에 대고 신시아가 덧붙였다.

"아까 더 좋은 농담 생각났다고 하셨잖아요."

"오, 그냥 머릿속에 떠도는 건데, 먹힐지 모르겠다."

"뭔데요? 말해주세요."

"좋아."

신더 씨는 자세를 바로 하고 손녀를 바라봤다.

"하늘에서 스쿨버스가 떨어지면 어떻게 될까?"

신시아가 잠시 생각했다. 입꼬리가 슬쩍 올라갔다.

"오카부카 섬에서 온 버스요?"

침묵.

두 사람은 같은 추억에 잠겼다. 신시아는 자신의 할아버지, 자신의 신데렐라, 자신의 신더 콘크리트 블록을 바라보았다. 신시아에게 웃음을 전파하는 법을 알려준 사람. 인생은 희극이며 웃기지 않을 때 오히려 더 웃기다고, 그 점을 늘 가슴에 새기며 살아가라고 가르쳐 준 사람.

신더 씨도 신시아를 바라보았다. 이내 두 사람은 할아버지와 손녀만의 방식으로 빵 터졌다. 웃음이 쏟아져 나왔다. 탁자의 유리병 속 킬킬이들이 들썩일 만큼.

아홉 번째 골목

# 로저스가

# 그 애의 불타는 입술

그레고리 피츠의 친구들은 그레고리를 너무 사랑한 나머지 진실을 말해주었다. 네 몸에서 악취가 난다고. 썩은 내가. 실제로 썩은 건 아니지만, 몸이 내장 기관을 쓰레기라고 착각하는지 널 걸고 말하는 쓰레기통으로 만들어 버렸다고. 그리고 하필이면 오늘, 그 냄새는 적당히 넘어갈 수준이 아니었다. 그래서 레마 본, 조이 산티아고, 캔디스 그린 즉 그레고리의 친구들은 자포자기하는 심정과 약간의 봉사 정신으로 팔을 걷어붙였다. 왜냐면 오늘은 로맨스의 날이었기 때문이다.

"그 전에, 괜찮아, 캔디스? 브라이슨 소식 들었

는데."

브라이슨은 캔디스의 사촌으로, 전날 하굣길에 집단 폭력을 당했다.

"아, 괜찮을 거야. 브라이슨은 강한 애니까. 게다가 그쪽 동네 살거든. 이 사랑에 빠진 녀석을 구해준 다음 잠깐 들러 보려고."

"좋아, 그럼…… 우선 냄새부터 잡아보자."

모두가 레미라고 부르는 레마가 그레고리에게 말했다. 네 사람은 학교 정문 앞 벤치에 모였다.

"물건 챙겨 왔지?" 캔디스가 레미에게 물었다.

"물론이지."

"뭔데? 뭔데 그렇게 의미심장하게…… 아니, 뭐든 상관없어. 효과만 있다면." 그레고리가 말했다.

"오, 있고말고." 조이가 눈썹을 들썩이며 말했다.

레미는 책가방을 열어 스프레이 한 통을 꺼냈다.

"우리 형이 주유소 편의점에서 맨날 사는 거야. 몸에 뿌리는 탈취제나 마찬가지래."

레미에게 형 저스틴의 말은 언제나 진리였다. 레미

는 캔 뚜껑을 열었다.

"눈 감아."

그리고…… 프스스스스스즈즈즈즈. 레미는 그레고리의 머리부터 발끝까지 스프레이를 뿌렸다. 그러다가 분사액이 입에도 약간 들어가는 바람에 그레고리는 캑캑거렸다.

"그만!"

레미가 그레고리를 잡고 빙글 돌리며 스프레이를 등 전체에 뿌리고 있을 때 캔디스가 멈춰 세웠다. 그 냄새는 마치…… 그을린 꽃과 불탄 고무의 조합 같았다. 다만 그레고리의 평소 냄새, 온종일 풍기는 악취보다는 나았다.

"스프레이 사용 금지!"

먼발치에서 워클리 씨가 손가락질하며 버럭 외쳤다.

"학칙 알지? 스프레이 쉿쉿!"

안 그래도 툭하면 복도에 분사액이 난무해서 워클리 씨는 골치가 아팠다. 중학생들이 쓰는 향수나 샤워 코롱은 향기롭긴커녕 체취와 결합해 몹시 고약해졌다. 비록 이번에는 특수한 사정이 있으니 어쩔 수 없었지만. 그러나저러나 워클리 씨의 고함은 너무나 웃겨서 그레고리, 레미, 조이, 캔디스는 웃음을 터뜨리고 말았다.

"스프레이 쉬잇쉬잇! 교감 선생님 완전 시인인데?" 캔디스가 야유하듯이 말했다.

"아니면 래퍼!" 레미가 맞장구쳤다.

"스프레이 꺼지래이!" 조이가 받아쳤다.

워클리 씨의 농담 아닌 농담은 네 사람의 유머 코드를 저격해서 더 빵 터졌다. 그레고리는 숨을 헐떡였다. 웃음과 스프레이의 조합은 질식하기 딱 좋았다.

네 사람은 교문을 나섰다. 집으로 향하는 건 아니었다. 넷 다 사우스뷰 아파트에 살지만 오늘은 샌드라 화이트가 사는 로저스가까지 걸어갈 예정이었다. 그레고리는 드디어 샌드라에게 좋아한다고 고백할 용기를 끌어모았다. 그리고 남친, 여친 사이가 될 수 있을지 물어볼 작정이었다. 다만 그렇게 부르면 왠지…… 유치하게 들려서 **사귀는 사이** 쪽이 더 마음에 들었다. 레미와 조이, 캔디스에게 결심을 밝히자 다들 협조하겠다고 나섰다. 샌드라의 집이 어딘지 정확히 아는 사람은 캔디스뿐이었다. 캔디스는 어릴 때 친했던 샌드라와 지금도 원만한 관계를 유지하고 있었다.

친구들은 그레고리의 결심을 전폭적으로 지지했지만 준비가 필요하다는 말도 **빼놓지** 않았다. 확실히 준비해서 되도록 좋은 인상을 심어주어야 했다. 무엇보다 몸 전체에서 나는 썩은 내부터 잡아야 했다. 적어도 급식실이나 탈의실보다는 좋은 냄새가 나야 했다.

"자, 이제 내가 널 **와우**하게 해줬으니 개가 **우와**할 차례야."

레미는 늘 이런 진부한 소릴 하곤 했다. 스스로 여자 심리에 **빠삭**하다고 철석같이 믿었기 때문이다. 물론 이 또한 형 저스틴의 영향이었다. 그때마다 캔디스는 정색하고 반박했다.

"좀 지나치게 **와우**한 것 같다. 그보다는…… **우웩**에 가까운데."

캔디스가 아랫입술을 쭉 내밀며 이죽거렸다. 하지만 확실히 스프레이를 뿌리기 전보다는 나았다. 이제 냄새를 해결했으니 보습의 중요성을 설명할 차례였다.

"악취는 됐고, 이제 악건성을 잡자."

캔디스는 책가방에서 신발만 한 로션 통을 꺼냈다. 그레고리가 눈을 크게 뜨고 이맛살을 찌푸렸다. 한마디로…… 뜨악했다.

"그건 또 어디서 났어?"

그레고리는 찌푸린 미간을 천천히 펴면서 투덜거렸다.

"우리 엄마 방 화장실에서."

캔디스가 대답했다. 네 사람은 보행안전 유도원 포스트 씨가 있는 길모퉁이에 다다랐다. 포스트 씨가 호루라기를 불자 넷은 길을 건너 포털대로의 왼쪽으로 걸었다.

"잠깐 멈추자. 걸으면서 바르기 힘들어."

친구들이 멈추자 캔디스는 한 손에 로션을 가득 짜냈다. 보도블록을 미끄럼틀로 만들 수 있을 만큼 듬뿍.

"손부터 시작하자."

캔디스는 그레고리의 오른손을 잡아서 손톱부터 출발해 손가락 사이사이를 꼼꼼히 발랐다. 간지러운지 그레고리가 키득거렸다. 이어서 손목과 팔뚝, 팔꿈치까지 올라갔다.

"팔꿈치가 중요해."

"팔꿈치?"

그레고리가 어리둥절한 얼굴로 물었다.

"팔꿈치."

조이가 반복했다.

"네가 샌드라와 포옹하려고 손을 뻗었는데 걔가 네 쩍쩍 갈라진 팔꿈치를 보면 어떻게 생각하겠어? 네가 파삭 부서질까 봐 겁나지 않겠어?"

캔디스가 더없이 진지한 얼굴로 물었다.

"아니, 그럴 일은 없을 거 같은데."

그레고리가 조이와 레미를 쳐다보며 동의를 구하듯 말했다. 두 사람이 아무 대꾸도 안 하자 그레고리가 힘없이 중얼거렸다.

"그럴 일…… 없겠지?"

"맙소사." 조이가 입을 떡 벌렸다.

"왜?" 그레고리는 정말로 당황한 얼굴이었다.

"그럴 일 없다니, 다들 들었어? 그럴 일 없겠대! 잘 들어, 그레고리 피츠. 나도 한두 번 들은 얘기가 아니야. 건조한 녀석들이 좋아하는 여자 앞에서 진땀을 흘리면 살갗이 오래된 페인트처럼 벗겨져 떨어진대. 너 페인트 조각 더미가 되고 싶어? 엉?"

레미가 코웃음을 치며 말했다.

"아니."

"그럼 잔말 말고 나한테 팔꿈치를 맡겨."

캔디스가 지시했다. 오른쪽 팔꿈치부터 다시 시작했다. 손바닥으로 둥글게 비비다가 촉촉함이 제대로 스며들도록 손가락으로 꼬집듯이 문질렀다. 그레고리의 팔꿈치가 흡사 다반조 씨의 대머리처럼 반짝거렸다. 캔디스는 왼손으로 옮겨 가 손가락, 손목, 팔뚝, 팔꿈치를 차례로 공략했다.

"됐어."

그레고리는 쑥스러운 듯이 팔을 빼냈다. 지나가는 아이들이 자신을 세차당하는 차처럼 바라봤기 때문이다. 그래도 효과가 느껴졌다. 손가락이 답답한 깁스에서 막 풀려난 느낌이었다. 로션이 이런 요술을 부릴 줄 누가 알았겠는가?

"아직이야."

캔디스가 통에서 로션을 더 짜냈다.

"아직이라고? 이러다 걔네 집까지 가지도 못하면 무슨 소용이야?"

그레고리가 소리 높여 투덜댔다.

"갈 거야."

조이가 안심시켰다.

"그보다 막상 걔네 집에 갔는데, 네가 손과 팔꿈치는 반짝반짝 윤이 나고 얼굴은 거대 분필들에게 두

들겨 맞은 것처럼 보이면 어쩌겠어?"

레미가 허공에 펀치를 날리며 말했다.

"내 말이. 이리 와."

캔디스가 한 번 더 로션을 쭉 짜내고 양손을 비볐다. 그러고는 마지못해 다가온 그레고리의 두 뺨에 손바닥을 척 얹었다. 그레고리가 움찔했지만 캔디스는 아랑곳하지 않고 새 신발에 묻은 얼룩을 지우듯 두 손으로 그레고리의 입가와 코 옆의 갈라진 부위를 쓱쓱 문질렀다. 아, 그리고 귓불도. 사실 레미와 조이도 그 부분에 대해선 살짝 의아했지만 캔디스가 더 잘 알겠거니 했다.

스쿨버스가 교차로의 일시정지 구간에 섰다. 유리창이 삐걱대며 내려갔다.

"어이!"

버스 안에서 어떤 남자아이가 외쳤다. 캔디스, 레미, 조이가 그쪽을 쳐다봤다. 캔디스가 얼굴을 잡고 있어서 그레고리만 고개를 돌리지 못했다.

"아무리 문질러봤자 그 못생김이 벗겨지겠냐!"

그 애는 혀가 입에 비해 두꺼운지 사방에 침을 튀겼다.

"그거 참 다행이지? 벗겨지면 네 얼굴처럼 될까 봐 무서웠는데!"

캔디스가 반격했다.

"그래, 상상만 해도 끔찍하다!"

레미가 맞장구쳤다. 조이는 말없이 집어 던질 돌 같은 게 없나 땅을 두리번거렸다. 하지만 버스가 이내 출발했다.

캔디스는 고개를 절레절레하고 작업을 재개했다. 그레고리의 이마를 문질러 광을 냈다.

"보자."

캔디스는 한 발짝 뒤로 물러서서 자신의 작품을 감상했다.

"흠…… 나쁘지 않네."

캔디스로서는 극찬이었다. 징그럽다는 말이 아닌 게 어딘가.

"다 끝난 거지?"

그레고리가 캔디스의 책가방을 초조하게 흘깃하며
물었다.

"거의."

이번에는 조이가 자기 책가방을 열었다.

"또 뭐야?"

그레고리가 두 발짝 물러났다.

"이리 와봐. 딱 하나 남았어. 입술에 바를 거."

"뭐?!"

그레고리가 두 발짝 더 물러났다.

"진정해. 난 그냥 네 갈라진 입술이—."

"징그러워. 진심."

캔디스가 조이의 말을 대신 맺었다.

"생각을 해봐. 걔네 집 앞에 딱 갔어. 걔가 딱 나
왔어. 네가 걜 어떻게 생각하는지 이러쿵저러쿵 털어
놓는데 걔가 딱 이러는 거야. **됐고, 키스나 해.**"

조이가 눈썹을 씰룩이며 말했다.

"잠깐 짚고 넘어가자. 그럴 리 없어."

캔디스가 단호하게 말했다.

"네가 어떻게 알아?"

레미가 끼어들었다.

"그냥 알아. 절대 그럴 리 없어. 그래도 어쩌면 **오, 자기 관리 잘하는 애네. 나중에 언젠가 키스할 수도 있겠어**라고 생각할 수는 있지만."

"네 첫 키스."

레미가 경험 많은 선배처럼 이죽거렸다. 현실은 그렇지 않았다.

"근데 네 입 주변이 지금처럼 허옇게 터있으면—."

조이가 말하는데 캔디스가 끼어들었다.

"제발 입술 좀 그만 핥아. 추접스럽고 침 냄새까지 나니까. 네 겨드랑이 냄새랑 섞이면 진짜 토 나올지도 몰라. 네 친구이자 안타깝게도 이성애자로서 말하는데, 그건 크나큰 걸림돌이야."

캔디스의 말은 신랄하기 그지없었다.

"와우……. 솔직한 의견 고맙다……."

그레고리가 말했다.

"사랑해서 그래."

캔디스가 어깨를 으쓱하며 말했다.

"자, 그럼……."

조이가 가방에서 걸쭉한 반투명 물체가 든 지퍼백을 꺼냈다.

"우리 엄마 방에서 조금 덜어 온 거야. 통째로 가져올 순 없었어. 엄마가 알면 날 죽이려 들 테니까. 난 그레고리가 첫 키스하기 전에 죽고 싶지 않아."

"네 첫 키스부터 걱정하지 그래."

레미가 말했다.

"그러는 너부터."

조이가 받아쳤다.

"저기, 잠깐. 나 이거 다 발라?"

그레고리가 본론으로 돌아와서 물었다.

"아니!"

캔디스가 외쳤다.

"설마!"

레미가 뒤를 이었다.

"그건 아니지, 이 친구야. 아무튼, 약용 제품이니

까, 조심조심."

조이가 지퍼백을 열자 멘톨 향이 확 퍼졌다.

"약용이면 좋은 거 아니야?"

그레고리가 지퍼백에 손가락을 쑥 집어넣더니 조이가 대답하기도 전에 내용물을 움푹 떠서 자기 입술 위에 펴 발랐다.

조이가 입을 쩍 벌렸다.

"왜?"

그레고리가 물었다. 그리고 묻자마자…….

"오."

이어서…….

"오…… 잠깐. 오. 오, 오."

그레고리가 손으로 입가를 부채질했다.

"뜨…… 뜨거워."

그레고리의 눈시울이 달아올랐다.

"뜨겁다니 뭔 소리야?"

캔디스가 양손을 허리춤에 짚고 물었다.

"조이, 너 뭘 가져온 거야?"

레미가 지퍼백을 낚아채더니 손끝으로 내용물을 찍어 쿵쿵 냄새를 맡았다.

"이거 설마……?"

레미가 다시 쿵쿵대고서 손가락을 내밀자 캔디스가 코를 갖다 댔다.

"이거—."

"바르는 기침약 아니야?"

캔디스가 지퍼백을 빼앗아 코로 숨을 깊이 들이마셨다. 곧장 가슴이 뻥 뚫리는 것 같았다. 조이가 소심하게 고개를 끄덕였다.

"왜 이걸 가져왔어?"

레미가 조이에게 꿀밤을 먹이는 시늉을 하며 물었다.

"바셀린이 주성분이길래 그게 그거라고 생각했지."

"야, 이건 내가 기침할 때 우리 엄마가 가슴팍에 발라주는 연고야. 피부에 펴 바르면 화하게 느껴지는 연고."

레미가 말했다.

"근데 그러고 나면 가슴이 막 반짝반짝하지 않아?"

조이가 물었다.

"그렇긴 한데……."

"그럼 됐잖아."

조이가 고개를 한 번 힘차게 끄덕이며 말했다.

"조이, 그거랑은 달라."

캔디스가 짜증과 웃음이 반반 섞인 얼굴로 지적했다.

"쟤가 이걸 로션처럼 퍼 바를 줄은 몰랐지!"

"얘들아, 내 입술. 너무 뜨거워. 너무 화끈거려."

그레고리가 끙끙 앓자 캔디스와 레미는 덩달아 그레고리의 입가를 부채질하기 시작했다.

"그게 샌드라를 향한 너의 불타는 마음이라고 생각해."

조이가 지퍼백을 꼬집듯이 눌러 닫았다.

레미는 그레고리의 귀에 대고 최면술사처럼 속삭였다.

"샌드라아아아아아아아."

그러고는 도움이 안 되는 걸 알았는지 미안하다고 덧붙였다.

그 상태로 포털대로를 쭉 걷다 보니 어느새 로저스가에 다다랐다. 다들 그레고리에게 입술의 화끈거림을 잊고 자신감을 가지라고 응원했다. 너 자신과 샌드라를 믿으라고.

"이제 널 거절할 이유가 뭐가 있겠어?"

캔디스는 진지한 얼굴을 유지하려고 안간힘을 썼다. 마침내 샌드라의 집 앞에 도착하자 레미, 조이, 캔디스는 뒤로 물러났다.

"준비됐어?"

레미가 그레고리에게 물었다.

"아……마도."

그레고리는 여전히 화끈거리는 입술을 움직여 대답했다. 주머니에서 종이를 꺼내 들고 현관 앞 계단을 올라가 초인종을 누른 뒤 얼른 뛰어 내려왔다. 캔디스가 여자들은 개인 영역에 민감하다고 조언했기 때문이다.

"그렇게 멀리 떨어질 필욘 없어, 바보야."

캔디스가 그레고리의 등을 떠밀었다.

곧 문이 열렸다. 샌드라가 고개를 쏙 내밀고 어리둥절한 표정을 지었다. 학교에서 입었던 운동복 차림이었다.

"다들 무슨 일이야?"

샌드라는 고개를 갸우뚱하고 미간을 좁혔다. 그레고리는 입도 벙긋 않고 그저 반짝이는 손을 떨었다.

"그레고리가 너한테 할 말 있대. 맞지, 그레고리?"

캔디스가 뒤에서 말했다.

그레고리가 고개를 끄덕이고 종이를 펼쳐 읽기 시작했다.

"샌드라, 넌 항상 교실에서 적절한 질문을 하지. 그게 나한테는…… 좋아 보였어. 그리고 넌 나를 한 번도 흉본 적 없지. 적어도 내 앞에서는. 그래서…… 혹시 휴대폰 번호 좀 알려줄 수 있어?"

캔디스가 조이를 쳐다봤다. 조이는 레미를 쳐다봤다. 레미는 조이와 캔디스와 그레고리를 차례로 쳐다

봤다. 세 사람은 그레고리가 이렇게 과감하게 본론을
꺼낼 줄 몰랐다.

샌드라가 계단을 내려와 그레고리 앞에 섰다. 그러
더니 코를 실룩거리고 눈을 찡그렸다. 마치 그레고리
의 빛나는 이마에 눈이 부신 것처럼. 그레고리는 계
속 입술을 오므려 입가에 바람을 후후 불었다.

"뭐 하는 거야? 설마…… 나한테 키스하려는 건
아니지?"

"아니, 아니야!"

그레고리의 목소리가 한 옥타브 뛰었다. 어쩌면 두
옥타브. 호루라기 소리에 맞먹을 만큼.

"그게 아니라……. 그게…… 어…… 입술이 화끈거
려서."

"음…… 왜?"

"바르는 기침약을 발랐더니……."

"그걸 왜 입술에 발랐어?"

"그게…… 설명하기 어려워."

"얼굴은 왜 그렇게 번들거리고?"

"그것도…… 설명하기 어려워."

"냄새는 또 왜 그래?"

"그것도—."

"설명하기 어려워?"

샌드라가 대신 말했다. 그레고리는 고개를 끄덕였다.

"그래도 해볼래?"

손에 든 종이가 마른 나뭇잎처럼 파르르 떨렸다. 그레고리는 고개를 숙이고 종이에 적힌 남은 고백을 이어갔다.

반쯤 읽었을 때 그레고리는 슬쩍 눈을 들었다. 샌드라는 미소 짓고 있었다.

'혹시 비웃음의 미소인가?'

그레고리는 생각했다.

'아니, 어쩌면 아닐지도 몰라.'

# 포털대로 길모퉁이

# 빗자루 개

스쿨버스는 참 가지각색이다. 스쿨버스는 고급 리무진의 대체품이다. 스쿨버스는 자율학습 교실이다. 스쿨버스는 학생 휴게실이다. 스쿨버스는 교장실 책상이다. 스쿨버스는 보건실 침대다. 스쿨버스는 전화가 울려대는 사무실이다. 스쿨버스는 작전 지휘소다. 스쿨버스는 베개로 만든 요새다. 스쿨버스는 개조된 탱크다(비엔나소시지든 볼로냐소시지든 빵에 끼우면 핫도그다). 스쿨버스는 과학 실험실이다(비엔나소시지든 볼로냐소시지든 빵에 끼우면 핫도그다). 스쿨버스는 안전지대다. 스쿨버스는 전쟁터다. 스쿨버스는 콘서트홀이다. 스쿨버스는 푸드 코트다. 스쿨버스는 판사와 배심원들로 가득 찬 법정이다. 스쿨버스는 마술쇼다. "수리수리 마수리 뿅!" "톱으로 사람을 반 토막 내봐." "아무 카드나 뽑아서 옆 사람에게 넘겨." "얼레리 꼴레리 둘이서 뽀뽀했대요." 이런 유치한 소리는 스쿨버스 안에서만 터진다. 스쿨버스는 연극 무대다. 스쿨버스는 철자 맞추기 대회다. 티키타카 대회다. "내 얼굴에서 손 떼라." "네 입에서 순무 쉰내 나." "순무가 뭔지는 알고?" "잘은 몰라도 네 입 냄새보다는 향긋할걸." 스쿨버스는 독침을 잔뜩 품고 윙윙거리며 돌아다니는 벌이다. 창문은 날개다. 어느 동네 중국집 창문이나 우체국 창구처럼 오르락내리락하는 날개. 그 동네에서 스쿨버스는 우주선이다. 스쿨버스는 우표 묶음이다. 메시지들이 창문을 통해 거리에 배포된다. 뭔가 달콤한 게 지나간다고 알리는 사탕 껍질 형태의 메시지, 몰래 쳐든 가운뎃손가락 형태의 메시지. 빠르게 스쳐 지나가는 세상을 가리키는 집게손가락 형태의 메시지. 스쿨버스는 세상을 흐릿하게 채색하는 붓이다. 또한 마르지 않은 페인트다. 덧칠하기 좋지만 방심하고 편히 기댔다가는 더러워지고 마는. 스쿨버스는 안락의자다. 부엌에 있는 안락의자. 멋은 없지만, 더없이 적절한. 스쿨버스는 더러운 냉장고다. 스쿨버스는 치즈다. 스쿨버스는 쭉 찢어져 좌석에 버려진 일회용 케첩이다. 포크 달린 플라스틱 숟가락이다. 스쿨버스는 종이 빨대다. 세상이 그 빨대를 뚜껑에 꽂고 거품과 저항이 섞인 무언가를 빨아들인다. 유쾌하면서도 불쾌한 무언가. 얼룩을 남기는 무언가. 가스를 유발하는 무언가. 스쿨버스는 음식 없는 패스트푸드점이다. 주문 넣고, 번호표 받고, 옆 사람에게 문자를 보낸다. 말썽에 휘말릴 기회가 수두룩하다. "혹시 뒷문 딸 생각 없어? 우리 엄마 5시 30분쯤 오는데." "안 돼. 나 4시에 춤 연습 있어." 스쿨버스는 장기 자랑 무대다. "나 춤 연습 있어. 지금 이 버스에서." 스쿨버스는 마이크다. 메트로놈이다. 녹음실이다. 스쿨버스는 호른 섹션이다. 드럼 섹션이다. 오케스트라석이다. 종이공으로 3점 슛을 날릴 수 있는 발코니석이다. 스쿨버스는 농구 코트다. 축구 경기장이다. 가끔은 복싱 링이다. 스쿨버스는 영화 세트장이다. 배우, 감독, 제작진, 시나리오. 신. 세트. 연출. 액션! 컷. "네 가짜 눈물 완전 진짜 같아." "진짜 맞거든." "우리 코미디 찍는 거 아니었어?" 스쿨버스는 오해다. 스쿨버스는 모두가 이해한 척하는 명작이다. 스쿨버스는 모나리자의 배경 산이다. 스핑크스의 사라진 코다. 세계의 불가사의다. 스쿨버스는 버스 통학자들의 이야기를 주워듣기만 하는 캔턴 포스트에게는 미지의 세계다. 하지만 그와 동시에 포탄이다. 캔턴을 거의 무너뜨릴 뻔한 것. 엄마를 앗아갈 뻔한 것.

캔턴의 엄마는 캔턴이 태어나기도 전부터 라티머 중학교의 보행안전 유도원이었다. 캔턴은 어릴 때 엄마의 형광 조끼를 걸치고 호루라기를 불며 집 주변을 돌아다니곤 했다. **변기**라는 말보다 **정지**라는 말을 먼저 배웠다. 손을 위로 뻗으면 **멈추시오**. 손을 앞으로 뻗으면 **가시오**. 캔턴의 눈에 보행안전 유도원은, 특히 엄마는, 특별한 힘을 지닌 사람처럼 보였다. 쌩

쌩 달리는 차들을 멈추거나 느리게 할 수 있으며 사람들이 무사히 길을 건너게 할 수 있으니까. 형광 조끼는 망토 같고, 호루라기 소리는 운전자들이 브레이크를 밟게 하는 마법의 신호 같았다.

　1년 전까지 캔턴은 그렇게 생각했다. 작은 파란색 공이 인도에서 차도로 통통 튕겨 나가기 전까지는. 켄지 톰슨이라는, 체구가 큰 아기만 한 남자애가 그 공을 따라 달려 나가기 전까지는. 잠깐 다른 방향을 보던 캔턴의 엄마가 상황을 파악했을 땐, 이미 건널목을 가로지르는 켄지를 향해 스쿨버스 한 대가 달려오고 있었다. 호루라기를 불 여유도 없이, 포스트 씨는 켄지를 쫓아 달렸다. 켄지는 다가오는 버스를 보고 포털대로 한복판에 그대로 얼어붙었다. 버스는 급브레이크를 밟았다. 날카로운 금속음과 동시에 포스트 씨가 온몸을 날려 켄지를 밀쳤다. 고무 타이어에서 뿜어져 나오는 연기가 허공을 가득 메웠다. 버스는 켄지를 비껴갔으나 포스트 씨를 살짝 치고 말았다.

하지만 버스의 살짝은 살짝이 아니었다.

하지만 어깨 골절과 골반 타박상이 사망보다는 훨씬 나았다.

하지만 그 사건은 캔턴에게 끔찍한 트라우마가 되고 말았다.

원래 캔턴은 방과 후에 엄마를 기다리며 학교 관리인 뭉크 씨의 일을 돕곤 했다. 실은 학교 앞 계단에 앉아 뭉크 씨가 불평하는 소리를 들어주는 경우가 대부분이었다.

"너희들은 왜 조준들을 못 하냐, 응? 아니, 변기가 얼마나 큰데, 시트고 바닥이고 벽이고 할 거 없이 죄다 오줌투성이라니까. 도대체 왜들 그러는 거야?"

포스트 씨가 버스에 치인 그날, 뭉크 씨는 아이들이 왜 1센트짜리 동전을 쓰레기처럼 흘리고 다니는지 모르겠다며 투덜대고 있었다. 앞서 교문을 나섰던 재스민 조던과 테런스 점퍼가 다시 학교로 뛰어오며 소리 질렀다.

"포스트 아주머니가 스쿨버스에 치였어!"

그 말은 캔턴이 결코 듣고 싶지 않았던, 아니, 상상도 못 한 말이었다. 세상이 길고 날카롭게 호루라기를 불었다. 귀청이 찢어질 것 같았다. 피부가 야금야금 색을 바꿨다. 갈색에서 노란색으로. 스쿨버스 색으로. 뭉크 씨와 함께 교문을 박차고 나서자 멀리서 구급차 사이렌 소리가 들려왔다.

　포스트 씨는 그로부터 일주일 만에 일터에 복귀했다. 평소처럼 조끼를 입고 호루라기를 찼다. 달라진 것은 붕대와 팔걸이뿐이었다. 그는 익숙했던 일상으로 돌아왔다. 돌아와야만 했다. 그게 자신에게 주어진 임무라면서.

　하지만 캔턴에게는 아니었다. 캔턴은 일상으로 돌아올 수 없었다.

　포스트 씨가 건널목에 돌아온 그날 방과 후, 뭉크 씨는 화장실 구석의 지저분한 타일 바닥에 쭈그리고 앉아있는 캔턴을 발견했다. 캔턴은 머리를 무릎에 파묻고 있었다.

　"캔턴, 여기서 뭐하니?"

뭉크 씨가 물었다. 캔턴은 볼일을 보는 게 아니었다. 고개를 든 캔턴은 울고 있었다. 가슴을 크게 들썩이면서. 마치 숨을 쉬기 힘들다는 듯이. 숨이 가슴뼈를 부수고 나올 듯이. 뭉크 씨는 캔턴 앞에 무릎을 꿇고 앉아 호흡운동을 시켰다.

"자, 캔턴. 나랑 열까지 세는 거야. 하나, 둘, 셋, 넷⋯⋯." 그리고 이어서, "이제 거꾸로 세자. 열, 아홉, 여덟, 일곱⋯⋯." 마침내 캔턴은 숨 쉴 수 있었다. 말할 수 있었다. 견딜 수 있었다. 뭉크 씨는 캔턴을 건물 밖으로 데리고 나갔다. 길모퉁이에서 임무를 수행하는 포스트 씨를 보자마자 캔턴은 두 팔을 벌려 엄마를 와락 껴안았다. 포스트 씨는 얼굴을 찡그렸다. 어깨뼈가 아직 붙지 않았기 때문이었다.

"그래, 그래, 괜찮아. 너도 괜찮고, 나도 괜찮고, 우린 괜찮아."

포스트 씨가 캔턴의 귀에 주문처럼 속삭였다. 어떻게 해야 아들을 달래서 임무에 집중할 수 있을지 고민하면서도 품에서 떼 놓기 싫었다. 캔턴도 포스트 씨의 소중한 임무이기 때문이었다.

뭉크 씨는 캔턴의 어깨를 토닥였지만 그 아이가 제 엄마를 놓아줄 생각이 없다는 걸 깨달았다. 그래서 포스트 씨 대신 도로로 나가 손가락을 입에 넣어 호루라기보다 더 크게 휘파람을 불었다.

한술 더 떠 차들을 향해 손을 쳐들고 소리 질렀다.

"멈춰, 멈춰! 감히 날 치면 나도 칠 거야!"

차들이 멈추자 이번에는 뒤에서 기다리던 학생들에게 외쳤다.

"자, 얼른들 건너라!"

그러고는 다시 멈춘 차들을 향해 가슴을 불쑥 내밀며 으름장을 놓았다.


다음 날, 캔턴이 다반조 씨의 사회 수업을 마치고 교실을 나서자 뭉크 씨가 기다리고 있었다. 손에 긴 싸리비를 든 채였다.

"좀 어떠니?"

"괜찮아요."

"아직도 마음이 조마조마하니?"

캔턴이 민망함을 감추려고 고개를 살짝 끄덕였다.

"같이 좀 갈래? 줄 게 있단다."

캔턴은 뭉크 씨를 따라 복도를 걸었다. 뭉크 씨는 가면서 바닥의 먼지와 머리카락과 1센트짜리 동전과 사탕 껍질과 양말 한 짝과 바지를 졸라매는 끈과 머리끈과 그 외 잡다한 것들을 싸리비로 쓸었다. 복도에서 복작거리던 학생들은 어느새 모두 이중문을 통해 바깥세상으로 흘러나갔다.

쓰적쓰적 쓰레질하던 뭉크 씨가 입을 열었다.

"내 딸 위니가 타지에 있는 대학에 갔을 때, 내 아내는 몹시 불안해하면서 매일 몇 번씩 전화를 걸었단다. 위니가 전화를 안 받을 때마다 제나는 아주······ 정신을 못 차렸지."

"아주머니 이름이 제나예요?"

"그래. 정말 좋은 사람이지. 허구한 날 락스 냄새랑 지린내를 달고 오는 남편을 따뜻하게 맞아주는 사람. 하지만 젊을 때 온갖 일을 겪었단다. 세상의 어두운 면을 너무 많이 봤달까. 그래서 딸을 지나치게 걱정했지. 위니가 어딜 갈 때마다 무슨 일이 생길까 봐, 위험에 처했는데 우리가 곁에 없을까 봐 늘 노심초사했어. 밤이고 낮이고 할 거 없이 두려움에 떨었지."

"그래서 뭐라고 하셨어요?"

"아무 말 안 했다. 그저 개 한 마리를 데려다 안겼지."

"개요?"

"그래."

두 사람은 관리실 앞에서 걸음을 멈췄다. 뭉크 씨는 쓰레기 더미를 한구석에 쓸어 놓은 다음 묵직한 열쇠 꾸러미를 꺼내 들고 열쇠를 책장처럼 하나하나 넘겼다.

"개가 우리 딸을 대신하거나 아내에게 따로 보살필 대상이 필요해서가 아니라, 반려동물이 정서적으로 유익하단 얘기를 어디서 읽었거든."

"그게 무슨 말이에요?"

"실은 우리 딸이 제 엄마 몰래 나한테 그 기사를 보내줬어. 한마디로 개를 키우면 심신 안정에 크게 도움이 된다는 내용이었지."

마침내 뭉크 씨는 맞는 열쇠를 찾아 관리실 문을 열었다.

"하긴, 개보다 더 나은 게 뭐가 있겠니?"

두 사람은 관리실 안으로 들어섰다. 의외로 웬만한 사무실만큼 넓었다. 벽에는 뭉크 씨의 부인과 딸 사진이 걸려있었다. 작은 복슬개 사진도 있었다. 아랫니가 툭 튀어나와 못생겼는데 그래서 더 귀여웠다. 적어도 캔턴 생각에는. 하지만 귀여운 건 귀여운 거고, 개보다 더 나은 건 많을 것 같았다. 이를테면 아이스크림. 스케이트보드. 언젠가 만날 여자친구. 웃긴 농담. 아, 비디오 게임. 그러고 보니…… 개도 썩 나쁘지 않을 것 같았다.

"저한테 왜 그런 말을 해주시는 거예요?"

캔턴은 **더 나은 것** 목록을 다 떠올리고서 물었다. 뭉크 씨가 내 반려동물이 되어주겠다는 건가? 아니,

그럼 반려인간? 아무튼 뭉크 씨의 의도는 스쿨버스가 다시 엄마를 앗아가 버릴지도 모른다는 불안감을 해소해 주기 위한 것 같았다.

"왜 이런 말을 하느냐고?"

뭉크 씨는 캔턴의 질문을 반복했다. 그러고는 관리실 구석의 로커를 열었다.

"너 주려고 이 녀석을 만들었거든."

"저한테 주려고…… 개를요?"

"아니, 그게…… 학교에 진짜 개를 데리고 다닐 수는 없잖니. 게다가 내가 네 어머니 허락도 없이 너한테 개를 안겨줄 수도 없는 노릇이고."

뭉크 씨는 로커 안으로 손을 넣어 빗자루의 비, 즉 빗자루에서 자루를 떼어낸 부분을 꺼냈다. 뭉크 씨가 그걸로 한 20년쯤 거리를 쓸었다고 봐도 좋을 만큼 인조털이 제멋대로 엉키고 뻗쳐있었다. 한쪽 면에는 눈처럼 검은 원과 아마도 입이라고 추정되는 타원형 창문 같은 게 그려져 있었다. 머리에 해당하는 부분에는 작은 헝겊을 두 조각 덧댄 귀가 달려있었다.

"이건…… 빗자루네요."

"깨끗이 씻은 거다. 아무튼, 그래, 자루 없는 빗자루긴 하지만, 이렇게 한번 해보렴."

뭉크 씨는 마치 작고 복슬복슬한 개의 귀 뒤를 긁어주듯이 꼬불꼬불한 털 뭉치를 쓰다듬었다. 털들이 **빳빳**한 개털처럼 팅기듯 일어섰다.

"근데 입은 왜 이래요? 이 빗자루 개…… 화가 났나요?"

"아니. 웃는 건데."

뭉크 씨는 빗자루 개의 머리 쪽이 보이게 내밀며 어깨를 으쓱했다.

"아."

캔턴은 떨떠름한 표정으로나마 뭉크 씨의 말을 받아들였지만 다른 부분에 대해서는 여전히 미심쩍었다.

"이게 정말 저에게 도움이 될까요?"

"밑져야 본전이잖니?"

뭉크 씨가 씩 웃고는 덧붙였다.

"뭐, 최악의 경우라고 해봤자 네가 길모퉁이를 청소하는 것밖에 더 있겠니? 그럼 나야 고맙지."

다음 날 방과 후, 캔턴은 빗자루 개를 겨드랑이 밑에 끼워 들고 천천히 길모퉁이로 향했다. 자신의 엄마를 지켜보기 위해, 건널목 안전 요원의 안전을 지키기 위해. 캔턴은 일시정지 표지판에 등을 기대고 앉았다. 그리고 포스트 씨가 차도에 내려가 호루라기를 불고 차들을 멈춰 세울 때마다, 가슴이 풍선처럼 부풀어 오를 때마다, 빗자루 개의 털을 손가락으로 훑어 내렸다.

이상하게도, 효과가 있었다.

얼마 후 캔턴은 그것에 이름을 붙였다. 더스티.


어느덧 뭉크 씨가 캔턴에게 빗자루 개를 준 지 1년이 되었다. 첫 번째 공황 발작이 일어난 지 1년. 사고가 난 지 1년 하고도 일주일. 그 사이 캔턴의 상태는 많이 호전됐다.

종이 울리자 다들 일어나 다반조 씨의 교실을 떠

났다.

거인 같은 시므온이 언제나처럼 문간에 서서 떠나는 아이들에게 일일이 하이파이브를 했다.

"점프!"

시므온의 말에 캔턴은 폴짝 뛰어 손바닥을 맞부딪쳤다.

"지리학 관련 숙제 잊지 말아라! 사람, 장소, 인간과 환경의 상호작용 관찰해 오기!"

다반조 씨가 하교의 흥분으로 떠들썩한 아이들 머리 위로 외쳤다.

캔턴은 사물함에 들러 더스티를 챙기고 곧장 정문으로 향했다. 복도에서 시므온(방금 하이파이브한 거인)과 켄지 톰슨(파란 공을 쥔 소인)을 야단치는 워클리 씨를 지나쳤다. 정문을 나서자 첫 번째 벤치에 녹색 정장 따위를 입은 처음 보는 남자애가 앉아있었다. 그 옆 벤치에는 남몰래 짝사랑하는 캔디스 그린이 있었는데 그 애는 항상 악취 그레고리, 바보 조이, 허세 레미와 함께 있었기에 쉽게 다가가기 어려웠다. 세 번째 벤치에는 브리튼 번즈의 반삭파가 모여있었다. 남의 주머니 속 푼돈을 노리는 일당으로 유명했다.

"안녕, 캔턴."

반삭파의 일원이자 전교에서 가장 터프한 여자애인 트리스타가 인사했다. 캔턴은 어색하게 손을 흔들고 발걸음을 이었다. 학부모 차량을 인도하는 존슨 씨도 지나쳤다. 도보 통학자들의 첫 횡단 전에 길모퉁이에 도착해야 했다. 캔턴만의 규칙이었다. 1년 하고도 일주일 된 규칙. 마침내 포털대로 건널목에 도착했을 때, 포스트 씨가 막 조끼를 입고 호루라기를 목에 금메달처럼 걸었다.

"우리 아들."

포스트 씨가 두 팔을 날개처럼 펼치며 캔턴을 맞았다. 모자는 포옹했다.

"학교는 어땠니?"

"괜찮았어요."

"숙제는?"

"몇 개 있어요. 브룸 선생님이 사물의 관점으로 수
필을 써 오라고 했고, 다반조 선생님은 인간과 환경
의 상호작용을 관찰해 오래요."

"인간과 환경의 상호작용이라면……?"

"이제부터 알아봐야죠."

캔턴이 우스꽝스러운 표정을 지어 보이자 포스트
씨도 똑같은 표정으로 응수했다.

"모르긴 몰라도 그 분야는 아마 내가 전문가일 것
같구나."

캔턴이 킥킥 웃었다.

"하다가 도움 필요하면 물어볼게요."

"그러렴. 어서 해."

캔턴은 노트를 꺼내고 책가방을 표지판에 기대 세
웠다. 책가방은 쿠션 삼고 빗자루 개는 받침대 삼아
노트에 눈에 보이는 것들을 써 내려가기 시작했다.

라티머 중학교.

길모퉁이.

포털대로.

차들.

애들.

엄마.

호루라기.

걷는 사람들.

멈추는 사람들.

말하는 사람들.

껴안는 사람들.

찡그린 사람들.

웃는 사람들.

가는 사람들.

오는 사람들.


캔턴이 고개를 들자, 댐에 물이 차오르듯이 사람들이 점점 모퉁이로 모여들었다. 몇 분에 한 번씩 수문이 개방됐다. 종알대며 기다리던 아이들이 길을 건넜다. 대화가 거미줄처럼 얽혀들었다. 그레고리 피츠

는 샌드라 화이트를 좋아한다. 새치모 젠킨스는 이웃
집 개한테 잡아 먹힐까 봐 두렵다. 신시아 소워는
3시 33분에 공연할 예정이다. 남자애들은 다 코딱지
다. 파티마 모스가 노트에 뭘 적고 다니는지는 아무
도 모른다.

캔턴은 아이들이 혀로 탭댄스를 추고, 티격태격하
고, 이 얘기에서 저 얘기로 정신없이 오가는 모습을
지켜보았다. 자기 엄마가 발레처럼 군더더기 없는 동
작으로 교통 지도를 하는 모습을 지켜보았다. 주위를
휙휙 살피고, 차도에 거침없이 발을 들이고, 호루라
기를 불고, 손을 들어 버스를 멈춰 세우고, 보행자들
에게 건너가라며 손짓하는 모습을.

마침내 라티머 중학교 학생들이 집으로든 어디로든
모두 떠났을 때, 포스트 씨는 조끼를 벗어 어깨에 걸
치고 목에 건 호루라기도 머리 위로 빼냈다. 오늘도
임무 완수였다.

"자, 갈까?"

포스트 씨가 숙제에 집중하고 있던 캔턴에게 물었다.

캔턴은 네, 하고 고개를 끄덕였다.

캔턴이 일어나자 무릎에 있던 더스티가 떨어졌다. 포스트 씨가 그걸 집어 들었다.

"맙소사. 산전수전 다 겪은 모양새로구나."

포스트 씨가 빗자루 개를 관찰했다. 볼품없이 훼손된 털 뭉치를. 귀 역할을 했던 헝겊 조각들은 이미 다 떨어져 나간 지 오래였다.

"이게 개라는 걸 알지만 지금 보니 버스를 더 닮았네."

포스트 씨는 빗자루 개를 캔턴에게 건네며 말을 이었다.

"눈은 꼭 헤드라이트 같고, 이 사나운 입은—."

"웃는 입이에요." 캔턴이 정정했다.

"아, 그래? 이 웃는 입은 꼭…… 창문 같구나. 재밌네."

캔턴은 이제껏 빗자루 개를 특별히 의식한 적 없었다. 어쩌다 생긴 물건이었고 필요할 때마다 곁에 있었지만, 지금 생각해 보니 꼭 필요하다 느낀 지 꽤 오래되었다.

"어차피 거의 다 지워진걸요."

캔턴이 책가방을 메면서 말했다. 두 사람은 좌우를 살피고 건널목을 건넜다.

"아직도 필요하니?" 캔턴의 엄마가 물었다.

캔턴은 어깨를 으쓱하고 그것을 공중에 휙 던졌다가 잡았다. 또 던지고 잡았다. 던지고 또 잡았다. 헐거워진 털이 떨어져 나왔다. 또 던지고 잡았다. 던지고 또 잡았다. 털 가닥이 눈 내리듯 펄펄 떨어졌다. 포스트 씨가 웃음을 터뜨렸다.

"오호라, 스쿨버스가 하늘에서 떨어지네."

캔턴이 씩 웃었다. 그렇다. 스쿨버스는 참 가지각색이다.

하굣길도 마찬가지고.

한 발, 또 한 발,
우리의 갈망은 휴식에서 휴식으로 나아가는 걸음을 재촉한다.
– 가넷 캐도건

# 작가의 말

제이슨 레이놀즈

마치 꿈이 이뤄지듯이, 책이 세상에 나오기까지 도와 주시는 고마운 분들이 늘 있습니다. 책을 책답게, 이야 기를 이야기답게 만들어 주는 분들이죠.

이 책을 책답게 만들어 준 분들을 언급하자면, 상호 신뢰로 다져진 나의 편집자 케이틀린, 당신은 세상 누 구와도 바꿀 수 없어요. 역시 상호 신뢰로 다져진 나 의 출판대리인 엘레나. 둘 다 번번이 나를 이 무모한 업계와 의혹의 구렁텅이에서 꺼내주었죠. 내가 작품에 대해 자신이 없고 불안해할 때마다 인내심 있게 격려해 줘서 진심으로 고맙습니다. 그리고 출판사의 모든 여러분, 앞으로도 건승을 빕니다.

그리고 이 이야기를 이야기답게 만들어 준 모두에게도 감사를 전합니다. 영감의 원천인 어릴 적 친구들, 생활 터전이었던 옥슨 힐, 워싱턴 DC, 브루클린, 친애하는 아론, 최고의 사탕 공급책 씨씨 씨, 가족과 형제들, 무서운 개, 자전거, 버스 정류장, 아이스크림 트럭, 주차장 파티, 구멍가게, 이발소, 하굣길에 만난 다채로운 동네들, 다채로운 아이들.

사랑합니다.

좋아합니다.

딱 하나만 물을게요.

어떻게 세상을 바꿀 건가요?

# 옮긴이의 말

이민희

  아주 솔직하게 고백하자면, 나는 이 책을 펼치자마자 첫 문단에 놀라 바로 책장을 덮어버렸다.

  '무슨…… 코딱지? 하늘에서 뭐가 떨어져……?'

  예상치 못한 기세에 놀라 한참 마음의 준비를 한 뒤에야 다시 펼칠 수 있었다. 그랬더니 신기하게도 몇 장 넘기지 않아 학창 시절 하굣길의 감각들이 물씬 밀려들었다. 왁자지껄한 복도, 쿰쿰한 실내화 냄새, 뻔뻔한 말장난, 늦은 오후의 김 빠진 태양, 익숙하면서도 낯선 친구들의 뒷모습……. 아득한 기억 저편의 감각들이 되살아나며 피식 웃음이 새기도 하고 눈물이 핑 돌기도 했다. 제이슨 레이놀즈의 마술이었다.

 지루한 책을 쓰지 않는 게 목표라는 레이놀즈는 이 책 《집으로 가는 길》을 다룬 북토크*에서 "아이들이 매일 반복하는 평범한 일상 속에 마법이 있다."고 말했다.

 매일 걷는 15분 남짓한 하굣길에서는 실로 많은 일이 벌어진다. 거의 동시에 교문을 나서지만 속사정은 저마다 제각각이고, 한 길 건너 전혀 다른 풍경이 펼쳐지기도 한다. 누군가에게는 친구와의 유대감을 다지는 시간이고, 누군가에게는 온갖 위험이 도사리고 있는 장소다. 걸음걸음마다 간절한 소망, 실없는 상상, 중대한 결심, 막연한 불안이 따라붙는다. 인생을 뒤흔들지 모를 비밀스러운 질문들이 매일 걷는 길 위로 떠오르고 가라앉는다. 가끔은 일부러 우회로를 택하기도 하지만 멈출 수는 없다. 함께 걷는 친구만이 줄 수 있는 웃음과 공감, 그 끝에 안식이 기다리고 있으리라는 기대에 의지해 계속 나아갈 뿐이다. 하굣길의 공기는 몸속 깊이 새겨진다. 그 막막

*https://www.youtube.com/watch?v=lxEWRsKaHi8&t=748s

하고 따분하고 끝도 없이 이어질 것만 같은 나날 속
에서 우리는 의외로 성큼성큼 자란다.

　나처럼 첫 문단에 놀라 바로 책장을 덮어버린 어
른들이 있다면, 부디 용기를 내 다시 한번 펼쳐보시
기를 바란다. 괴성 속에 애정이, 흙먼지 속에 우정이
피어오르던 그때를 떠올리며.